那时年少

一草 作品

When

We

Were

Young

湖南文艺出版社
HUNAN LITERATURE AND ART PUBLISHING HOUSE 博集天卷 CS-BOOKY

那些过去，从未过去。

目 录
CONTENTS
......

楔 子

情
至
深
处

童小语，分手后，我写下了这本书。
分手三年后，我出版了这本书。
分手九年后，我再版了这本书，
今年是我们分手的第十五年，我依然忘不了，放不下，
所以我要再一次修订它，出版它。

WHEN WE WERE YOUNG.

1

2013 年 10 月 12 日，时隔十一年，我和童小语终于再相见。

闲叙后，她突然认真地问我："你信命吗？"

"我信！"没等我回答，她笃定地说，"我告诉自己，现在遭遇的一切，都是前世欠下的，要用这一生来还。"

"所以要不憎恶，不嫌弃，要接受，要和解。"

眼前的童小语已年近三十，依然时尚、漂亮，可眼角眉梢再没了当年纯真的模样。她的话让我感到深深的不可思议，那个不谙世事、活泼无邪的小女孩，怎么有一天会这样沉重地说话？

我心疼，却不知道如何安慰。时隔多年我们还能坐在一起聊聊天，已是莫大的缘分。

除此之外，我还能做什么？

我什么都不能做。

除了对你深深地祝福。

2

童小语，分手后，我写下了这本书。分手三年后，我出版了这本书。分手九年后，我再版了这本书，今年是我们分手的第十五年，我依然忘不了，放不下，所以我要再一次修订它，出版它。

童小语，时光荏苒，我已历练世事，每一次回望曾经，都有不同感悟，所以每一次修订，我都会增加一些话，删除一些话，增增减减间，也不知道哪些是真，哪些是假，哪个是你，哪个是我记忆中的你。

这样其实挺好，因为始终放不下，所以你从未远离，因为还能回忆，所以我们的故事永远那么年轻。

所以，我们从未分开。

3

记得本书第一次出版后，我立即寄给了童小语，并附言：童，这是写给你的书，以及我能为你做的最好的事。

于我而言，这更是一种证明，证明"我做到了其他人永远无法为她做到的事"。我想当然地认为她会感动，然而结果却是完全意想不到地尴尬——她并不高兴，甚至拒绝。理由是，为什么要把我们之间的事全写出来？这有意义吗？

是啊，我们都分手了，还说了那么多绝情的话，流了那么多伤心的泪，这样做，有意义吗？

我很想回答：有意义。可是我不敢。除了立即消失，饮泣而眠，再也不敢有半分辩白。

事实上，在我们分手后的很长一段时间内，我一直在强烈的自卑中度过，我一直根深蒂固地认为童小语之所以离开我只是因为我不够优秀，没有跟上她的成长，所以我必须改善，必须证明。

可除了文字，我不知道还能怎么证明。

现在，这唯一的优势都被她否定了。

所以，我念念不忘的爱，从那一刻开始，彻底宣告了失败。

也就是那一刻，我决定离开。

很快我收拾好了行囊，来到北京。这里没有童小语，也没有我的伤心和失败。

在这里，我决定重新开始。

重新开始工作，重新开始生活，重新开始，去爱！

4

十年，一晃而过。

感谢时间，裹挟着洪荒之力，将我们都雕刻成了另外一种模样。

那些曾经忘不了的、放不下的、过不去的、无法原谅的人和事，都随着时间的流逝，变得淡若云烟。

我也从一名实习图书编辑成了拥有优渥资源的出版人，曾经遥不可及的梦想变得触手可及。

2011 年，我决定修订、再版这本书，还换了更好听的书名叫《那时年少》，请业内最知名的设计师负责整体装帧，又请李荣浩的唱片公司量身定做了一张同名 CD。此外还拍了各种宣传视频，上了很多访谈，在一百多所高校进行了专场讲演，读者好评如潮，书也非常畅销。许多读者给我来信，说从我的故事里看到了他们的青春和爱情。

我真的很想把《那时年少》再送给童小语，不再是为了证明，而是为了怀念。

可是我依然不敢，十年了，我经历了太多是是非非、苦辣酸甜，自忖内心已经足够强大，可是，我依然无法承受童小语对我的否定。

我以为，她一定还会否定。

而我，就算赢得了全世界，在她面前，还是那么脆弱不堪。

5

所以我祈祷《那时年少》千万不要被她看见，我不想过了这么多年，她还会因为我而不开心。

然而，她到底还是看见了。因为是畅销书，上海书城做了重点陈列，摆放在最显眼的位置。有一天当童小语百无聊赖走进书城时，立即被那本书的精美包装吸引了，而书名更是让她内心微微一颤，于是上前翻开，结果发现写的正是她的故事。

这些当然是她告诉我的，彼时我们已经完全断了联系。可通过微博，她找到了我，并且给我留言，很认真地对我说：

那个平淡无奇的下午，我一直站在书城看你写给我的书，一直静静流着泪，身边的人都很疑惑地看着我，他们肯定很奇怪我为什么会如此感动。我感动只是因为过了这么多年，我的生活已经失控地走向了我曾经憧憬的对立面，我甚至忘了我当初的梦想究竟是什么。我想不起来也不敢回忆，可是通过你的文字，我终

WHEN
WE WERE YOUNG.   007

于记得我曾经是那么美好和单纯，我曾经那么炽热爱过，那么天真憧憬过。所以即使现在的我再平凡再普通，我也是富有的。因为，我有一本属于自己的书，而书里有最好的我。

所以，谢谢你。

6

和童小语的恋爱是我人生中第一段正儿八经的感情，也就是初恋。关于这份感情的意义，十多年后再打量，我基本上可以明确两件事：

1.感性层面：我从没有那么用心用力去爱过一个人，能在最美好的年龄酣畅淋漓地爱过，很幸福。

2.理性层面：初恋的失败反而让我明白了如何才能更好地去爱，以及如何维系一种相对稳定的情感关系。

有这两点感悟，够了。

因此，对童小语以及这份爱，我其实一直心存感激。

7

童小语和我分手后的第二年，在顾飞飞的生日宴上我们曾见过一次。彼时正是我失恋后最难受的时候，我根本不知道该如何面对魂牵梦萦的童小语。

她离我不过一尺距离，我对她的一切都感到那么亲切和熟悉，她的笑容、她的声音、她眼角的泪痣、她散发着幽香的肌肤，我曾经拥有过这一切，可现在这些都和我再无半分关系，这无疑是巨大的残忍。那一瞬间我百感交集，想说的太多，反而一句话都说不出来，生平第一次体验了"未语泪先流"。

就像很多失恋的傻瓜一样，我很快把自己灌醉，借着酒劲追问她："你到底有没有爱过我？"

童小语的回答很干脆也很简单："没有。"

"可是我们明明恋爱过……"

"那不是爱，而是冲动。"怕我不死心，她继续认真地补充，"我认识你的时候太小了，根本不懂什么是爱，也没有做好去爱一个人的准备，但我又很向往恋爱的感觉，所以当时如果遇到的不是你，我也会去和别人恋爱的。"

话已至此，我还能说什么？

我必须承认，当年童小语的一句"没有爱过"远比分手时的千言万语对我的打击更大，且宛若阴霾，如鲠在喉，久久不散。

我们甜蜜的、温馨的、浪漫的、动人的、美好的、难忘的恋爱往事，也因为这句话变得一文不值。

8

然而，剧情再次反转了。

五年前，当我突然收到那封私信，想了很久很久，最后决定还是回复。

于我而言，这当然不是一个轻松的决定，意味着，我已经做好准备，去面对很多不受掌控的事。

是的，时间并没有真正改造我，那一瞬间，我才发现，我依然忘不了，放不下，过不去。

就这样，我们恢复了联系，虽不频繁，但总算又进入了彼此的生活。

她结婚了，生子了，不咸不淡地工作了很多年。生活谈不上轰轰烈烈，但也说不上有什么问题，凑合着总能过。

我也差不多。

我们彼此祝福，若有若无，逢年过节，总会问一声好，谈不上谁更主动，但心中定会记挂彼此。

就这样，又过了两年。

　　我以为这会成为我们的相处模式，直至终老，对此我已经很满足。

　　直到三年前深秋的某一天，我去上海出差，和以往一样，装作不经意地告诉了她。

　　和以往不一样的是，她很快回复："我想见见你，和你聊会儿天，可以吗？"

9

　　那个深秋的午后，在衡山路上的一家老派咖啡馆，我安静地坐在宽大明亮的落地窗前，看着她从路对面的车上下来，步态轻盈地穿过斑马线，风轻轻吹起她变短了的头发，阳光从梧桐树叶的中间透进来，打在她脸上，于是她的轮廓变得更加鲜明。她眯着眼睛，抬头看着前方，开始微笑，然后小跑着向我而来。

　　我眼前的世界很快变成了慢动作，汽车、行人、落叶，全部变慢，甚至咖啡馆里的音乐也变慢了。

　　时间在我们四目相对的那一瞬间彻底凝滞。

　　时隔十年，我们终于再见面。

　　"童小语，你还好吗？"

"挺好的，你呢？"

"也不错。"

"我变化……大吗？"

"不大啊，你刚下车，我一眼就认出你了。"

"我也是，我在车上就看到你坐在窗前，你头发长了，瘦了好多！"

…………

明明相隔这么久的时光，可我们之间并不陌生，从声音笑貌到言谈举止，都恍如昨日。

时间是改变了很多，却还是有很多没改变。

那个下午，我们聊了很久，往事缓缓流淌，有欢笑，也有悲伤。

而我最后到底还是故作轻松地问出那句如鲠在喉、念念不忘的话："当年，你真的就没有爱过我吗？"

童小语看着我，认真地回答："你是我的第一个男人，怎么可能不爱？

"不但爱过，而且是很深很深的爱，可我怕你不死心，也怕自己还留恋，更怕生活停滞不前，所以要把话说绝。

"我知道我这样说你就一定会死心，我了解你。

"而我总觉得未来会更好，哪怕再痛都要向前走，不回头。"

10

从 2013 年到 2015 年，我们一共见了三次。

一年一次，都是在 10 月，一个上海全城都飘满了桂花香的美好时节。

每次都是寒暄、吃饭，然后在街头说再见，彼此挥手告别。

聊天时童小语不会伪装，更不掩藏，和当年一样。

她说她现在的生活很平凡，平凡得会让自己失望，想改变，却深深乏力。

"刚上班那会儿，年龄小，还觉得一切都有可能。这么多年过去了，自己还在原地踏步，现在要和比自己小十来岁的孩子竞争，很累，也不甘心。

"我的单位是那种很传统的国企，国企里的生存法则依然根深蒂固，我的个性没法去适应，所以领导总是看不上我，同事也不友好，每天上班都度日如年，可又舍不得放弃，否则要从头再来，更加没底气。

"现在我每天挤地铁上下班，来回要三个小时，回家后还要买菜做饭，然后哄小孩睡觉，根本没有属于自己的时间。我都忘了什么时候好好欣赏过一部电影，什么时候认真听过一首歌，什么时候可以好好逛街给自己买身漂亮衣服了。

"我老公长期外出，原来每两个星期还能回来一次，现在两个月都不见得能回来，我们之间的感情越来越淡，我很痛苦，真怀疑当初的选择到底是对还是错。"

…………

就这样，童小语就像当年我们刚认识那会儿，知无不言地将自己的一切告诉我。

而我也一如既往地倾听、分析、劝慰。

我说："生活中如果实在无法和解，不如给彼此一个重新来过的机会。"

童小语看着我，摇摇头，继而缓缓说："你信命吗？"

我不知做何回答。

她笃定地说："我信！我告诉自己，现在遭遇的一切，都是前世欠下的，要用这一生来还……"

我不置可否："或许吧。"

童小语轻轻摇头："你不会明白的，不是每个人都像你那样潇洒，这么多年都不结婚，一个人无牵无挂，自由自在。"

我没有争辩。

因为无法去辩。

如果我说我是因为再也无法像爱她那样去爱一个人，一定很矫情。

如果我说我心里还存在着一丝微光，希望有生之年能和她重归于好，再续前缘，一定很疯狂。

所以，我依然只是对她祝福，然后挥手告别。

11

江湖那么大，时光那么远，童小语，每次你在路口消失的那一瞬，我都在期待赶赴下个一年之约，那是现在我对生活最大的期待。

童小语，你是清纯的，你是迷人的，你是美好的，你是邪恶的，你是天使，你是妖精，你充满智慧，也愚不可及，你是毒药，也是解药，你充满诱惑，罪大恶极，你是吹过山野的清风，你是挂满天际的晚霞，你是梦里的常客，你是回忆中的主角，你是自由的，你是固执的，你千娇百媚，纯真洁净，你一尘不染、万千风情。我究竟该如何努力，才能拼凑出一个完整的你！

12

2016 年 10 月，盼望已久的一年之约并没有实现。

童小语突然没了消息。我给她发微信，她没有回，给她发微博私信，也没有回，给她打电话，同样没有接。

我不知道我还能做什么。

就这样，童小语再次消失在我的生命中。

我不知道她为什么会消失，但我知道她这样做一定有自己的理由。

或许就这样突然消失，从此不再联系，也未必不是一件好事。

既然不能相濡以沫，不如相忘于江湖。

何况能够在告别十年后再度相逢相聚，我应该已经很满足。

我一遍遍地安慰自己。直到 11 月底心情才慢慢平复，终于可以再一次接受生命中失去童小语的事实。

然而，并没有过很久，在一个毫无征兆的上午，我突然接到童小语打来的电话。

电话里她语气平静地对我说："我离婚了，净身出户。"

13

第二天一早，我赶到上海，再次见到了童小语。

她憔悴了不少，不过眉间的神色却是前所未有地轻松。

童小语说："这是我和你分手后，做过的最坚定的一件事。"

我笑，苦笑："你其实一点都没变。"

童小语继续说："你说得对，妥协无法换来幸福，失败也没那么难以去面对，所以我决定给自己一个重新来过的机会。"

童小语最后说："还记得 2000 年 12 月 31 日那天晚上你对我说过的话吗？"

我想了很久，摇头："太久记不清了，怎么？"

"没什么，就是想问问，那句话的有效期过了没有？"

14

这么多年来，我无数次问过自己："如果现在有一个机会，让你放下一切，换和童小语重新在一起，你愿不愿意？"

我的回答从未改变："我愿意。"

是的，我喜欢了你十七年，我还喜欢着你。

15

可是 2000 年 12 月 31 日那天晚上我到底说了什么？

我真的忘记了。

那天告别时，童小语告诉我，她要给自己放一个长假，去很远很远的地方旅行。

童小语说："我现在又开始憧憬未来的生活啦，我要继续向前走，不回头。"

我问："万一我永远都想不起来了呢？"

"你不会的。"童小语笑，"想起来的时候，记得找我。"

16

飞机发出巨大轰鸣，冲破迷雾，冲上云霄。

在回北京的飞机上，我迫不及待打开《那时年少》。

现在，我需要一场深度的回忆，回到天真无邪，还相信爱，相信一切美好的那时年少。

虽然我们都不再单纯，可永远有单纯的孩子；虽然我们有越来越多的生活谜题，甚至寄希望于宗教，可永远有人天真着、美好着，觉得手中的糖果和心里的爱情就是全部的幸福。

所以，亲爱的童小语，这个版本的《那时年少》依然写给你，因为我们的故事从来就没有过终点。

因为青春只有一次，所以真正地爱过，也只能有一次。

第一章

纯
真
年
代

我特别庆幸在我青春期的尾巴里赶上了
中国最初也最激情澎湃的网络年代。
那种原始的、懵懂的、蓬勃的、散发着无限可能的状态，
和我们旺盛的激素交相辉映，完美融合，
最终形成了我们这代人独一无二的青春。

WHEN WE WERE YOUNG.

1

谈及青春,我一直根深蒂固地认为,每一代人的青春状态都差不多,不同的是其青春所处的年代,因为年代的独特性,造就了每代人青春的独特性。

因此,我特别庆幸在我青春期的尾巴里赶上了中国最初也最激情澎湃的网络年代。那种原始的、懵懂的、蓬勃的、散发着无限可能的状态,和我们旺盛的激素交相辉映,完美融合,最终形成了我们这代人独一无二的青春。

从这一点来看,我们都是极其幸运的,应该珍惜和感恩。

2

中国的网络年代开始于 20 世纪 90 年代中期，兴盛于新世纪初，也就是公元 2000 年。

那一年，我二十二岁，正在上海读大四。我并不知道即将到来的一切会是那样珍稀美好，面对近在咫尺却又触不可及的未来，迷惘着，期待着，兴奋着，不安着……

是的，毕业前的情绪极其复杂，我强烈意识到再过不到一年就得从学校里彻底滚蛋，我再也不能满脸温情地对你微笑，露出洁白的牙齿，告诉你，我是一个特善良的学生；我不可以再动辄愤怒得像个诗人，用夸张的肢体动作表达着我的沧桑、我的郁闷、我的故作姿态；我得离开象牙塔走进社会，然后承担起所有潜在的无奈和责任，我将会加入尔虞我诈的大军，或许有一天变得比你还要忘恩负义、狼心狗肺。

面对这个显而易见的结果，我感到了莫大的恐惧，站在学生生涯的边缘，我一边暗自神伤地怀念着学生年代里所有的风花雪月，一边对茫茫不可知的明天窃窃伤感，犹如一个临产前的女人，孱弱、易怒、敏感万分。

3

毕业前夕，学校里的混混们什么样的心态都有。有人渴望一步登天，有人崇尚不劳而获，有人杞人忧天，也有人自信满满。有人憧憬能够找到一份月薪八百的工作，认为那就是他要追求的幸福，也有人想投资八百万在南京路上开一家肯德基店。

有人动不动就绝望，眼角眉梢无比苍凉；也有人躲在天台拼命做爱，他们说流年逝水应该及时行乐；有人成天大笑、莫名其妙；有人通宵酗酒，然后在酒醉之际以愤怒的姿态去控诉这个社会对他缺少温情关怀……

一切都是无序的、激情的，燃烧得快，熄灭得也快。

再看看这个城市，它正以一种你所无法理解的速度飞快膨胀着：奇形怪状的摩天大楼一夜之间拔地而起，压抑着风压抑着云，也压制着人的灵魂；黄浦江上继续造着大桥，黄浦江下继续挖着隧道。轨道在延伸，道路在扩建，老房在改造，20世纪20年代建造的石库门敲敲打打之后就变成了"新天地"，苏州河边的老仓库修修补补就是顶级画廊……一切膨胀都让你有点头晕，有点目眩，有点不知所措。

而与之一起膨胀的名词还包括：BL（男同性恋）、伪娘、VC（风险投资）、形形色色的选美大赛、唱R&B的人、先知、波西米亚风格的内裤、艾滋病患者……步履匆匆的人们神情冷漠地交错而过，站在金茂大厦 88 层的高度思考幸福到底是什么。

4

　　我一直是个自命不凡的各色家伙，从小到大都在怀疑这个世界上除了自己是鲜活的生物之外其他的一切飞禽走兽、花鸟树木都是虚无的存在。不管是在书上还是在其他媒体上听到某人在讲什么大道理，我的第一反应就是他在吹牛、在骗人、在妖言惑众。

　　我曾经无比渴望成为一名电影导演，这个纯朴的愿望来自一部叫《东方不败》的电影，在一个风雨交加的夜晚我从一个狭小脏乱的录像馆出来以后着魔似的手脚乱颤激动得要命。我想呐喊，我想歌唱，我想迎着风迎着那漫天大雨到处乱飞，以此表达我的欲罢不能。

　　这部电影构成了我最赤裸纯真的创作欲望，此外还导致了另一个结果，那就是让我疯狂地迷恋上了林青霞，并且在以后的生活中只要看到下巴中间有道沟且长相雌雄莫辨的人就会心乱不已。

　　高二时，班主任让大家畅谈理想，我战战兢兢地说渴望成为中国最牛 × 的电影导演，结果当场就引发哄堂大笑。我的那些目光短浅的同学一个个用看怪物的眼光打量着我，然后嘲笑我是一傻帽，我那同样目光短浅的老师也说我好高骛远整天就爱不切实际胡思乱想。我当然不服，洋洋洒洒写就万字反抗书，字字珠玑，情到深处无法自拔，顺便问候了一下老师全家。结果换来一个记大过处分，在全体师生面前公开忏悔，从此彻底消停老实了。

那几乎是我人生第一次重大受挫，从此我明白，流血不是革命的唯一途径，你有理想，他有教鞭，你有激情，他有政策，我势单力薄只能战略性撤退，保持缄默绝对是面对傻×们的不二法宝。

啰唆了这么多，其实我只是想说明：我的青春期活得是多么压抑。我是高傲的，更是懦弱的，这两种水火不容的性格在青春期发育成形，然后多年来一直深深折磨着我，让我不堪承受。

5

1997 年，我终于毕业，考到了上海，我想当然地以为这个全国最为时尚的城市可以开放一点，文明一点，自由那么一点点。可生活了几年后，我才发现江湖依然险恶，人心依然狭隘，你要敢说你想从事影视业当导演，一样会被别人无情地耻笑。

我不想再被耻笑，所以只能被同化，几年的大学生活充分培养了我的恶习，如下：

1. 开口之前必先说一个"×"。

2.熟练掌握了"傻×"一词的应用技巧，并在日常生活中反复大量使用。

3.不管见到认不认识的同学，都可以脸不红，心不跳地说声"Hi，吃饭了吧"，仿佛大家都是文明人。

4.学会了抽烟。热衷的香烟是八块钱一盒的"红双喜"，也曾一度贫穷得只能抽一块五一包的"大前门"。

5.吃了上千顿三块钱一份的蛋炒饭，和校门外那些做大排档生意的安徽人混得倍儿熟。

6.掌握了不下十种牌技，尤其精通"诈金花"。我和我们寝室的"老马""杨三儿"并称我们系的"金花三贱客"，赢遍全系无敌手，前面说的那些花费差不多都是这么来的。

7.知道了一些衣服品牌，比如"班尼路"和"佐丹奴"，初步学会了一些简单的穿着搭配技巧，知道以前在运动服下穿皮鞋是一种很傻×的行为。

············

人最害怕的就是摆事实讲道理，现在想想几年大学生活下来改变还真不少，其中一大部分是无知和虚荣的表现，还有一部分我自己都觉得不可思议。有时候我会对着镜子抚摩着自己的脸庞试图寻找出以前的种种锋芒，可我所能触及的只是越来越浓密的汗毛和鲜亮的青春痘，它们无耻地横亘在我光洁的肌肤之上，硌手万分，犹如我堕落的人证物证。

这真让人感到郁闷。

6

郁闷的人往往火力旺盛，需要找个合适的途径发泄，否则就会整出杀人放火、抢劫越货之类的生猛举动。

傻子都知道，恋爱是给激素减压的最佳途径。

然而这个目标于我而言则是遥不可及的幻想。原因很简单：僧多粥少，质量还不好。

是时候介绍一下我就读的大学了，那是一所理工类高校，男人爆多，女人极少，物以稀为贵的原理在我们学校得到了最为充分的论证。经常可以看到一帅哥胳膊里夹着个奇丑无比的女人屁颠屁颠地招摇过市，身后则是一群流着哈喇子的光棍。

至于我们班，一共三十五人，只有两个女生，量少先不说了，就这两个姐们还都丑得"各有千秋"，丑得让你惊叹造物主的神奇，丑得让你疑惑我们班的男生上辈子究竟造了什么孽。

想当年，我带着满腔热情来到上海，渴望在大学里能够拥有一段

刻骨铭心的爱情，结果看到这两个丑女，特伤心，好不容易做完心理
建设，结果发现人家早就名花有主了，而且男朋友换了好几拨，后面
排队的人还有一大堆。

就这样，从大一时的满怀期待，到大二时的宁缺毋滥，再到大三
时的跃跃欲试，整整单了三年，等到大四时，发现就算想凑合着过都
没机会了，于是彻底绝望了。

哀莫大于心死，基本上，说的就是我这种情况。

7

就在我坚信大学时代将会和爱情绝缘之际，变天了。

忽如一夜春风来，千树万树梨花开。

2000 年，原本只属于少数人游戏的网络突然大行其道，成了真实
生活的平行世界，更成了我们这帮在大学里无所事事、精力旺盛的家
伙的精神天堂。

天堂就是那个可以给你带来快乐让你忘掉烦忧的地方，天堂就是
那个可以让你尽情实现梦想的地方，即将告别校园的我们都是容易受
伤的小孩，所以更愿意把自己置于虚拟的世界久久不愿醒来。网络的
出现彻底改变了我们的生活方式，也改变了我们喜怒哀乐的理由。脆

弱的可以从中寻找到坚强，弱小的可以从中寻找到强大，虚伪的可以寻找到真诚，无耻的可以寻找到更无耻的力量。

以上排比句所形容的就是 2000 年网络带给我的所有感想，时隔多年再回望，居然发现那种感觉竟是那么青涩美好，犹如池塘里的睡莲、理想中的初恋。

而站在"SNS、VR、AI、O2O、P2P、互联网 +、直播、网红、粉丝经济、万物互联"大行其道的今天，回头探视十七年前拨号上网的 Web1.0 年代，真的是百感交集。

8

那个年代，世上最激动人心、撩动心弦的旋律莫过于上网拨号声了。

轻轻拔下电话线，插到电脑主机后面一个叫"猫"的设备上，然后输入用户名和密码，一按"确定"，电脑立即发出缓缓的"吱吱"声，持续五六秒后，突然变得尖锐、刺耳，且声音越来越大，越来越急促，等到声嘶力竭到达高潮之时戛然而止，须臾间世界恢复一片安宁——网通了。

然后我们立即纷纷化身为听风的人、Vivian、可爱 MM、迷死人不偿命小妖精、谁知我心……开始另一种人生。

9

虽说网上包罗万象，但那会儿我们上网基本上就是聊天。我们都
渴望通过网络解决情感问题，俗称网恋。

是的，网恋绝对是当年最流行最拉风的行为。

一开始我们在各种聊天室聊，后来慢慢集中在 QQ 上聊，当时 QQ
还叫 OICQ，申请起来非常方便，还都是五位数的那种号，我们班男生
差不多人手三个以上 QQ 号码，每个号码里都有几百个人，抱着广种
薄收的心态，遍地撒网。只可惜 QQ 上的人数和网恋次数并不能成正
比，所以真正能成功网恋的人少之又少。

因此这个时候如果出现一个人，他不但打字速度是其他人的五
倍以上，而且言语幽默、才华出众、博览群书、厚颜无耻，隔三
岔五就能网恋一次，那么这种人想不引起别人的关注和尊重都很
困难。

没错，我正是在说自己呢。生活中我是一个普通得不能再普通的
人，可在网络上我如鱼得水，游龙戏凤。凭借网恋的数量和质量，我
很快在我们专业声名大噪，成了无数骚男所景仰的对象。

10

我的网恋对象包括英语老师、护士、大学生、网络公司白领……和这些女人或长或短、或真或假网恋时，我游刃有余，坦荡如砥，初显大师风范。

后来每次我聊天时，身后总会有好学之徒拿着小本子现场观摩，认真记录。人多时还会展开热烈研讨，对我说的每一句话展开深度分析，上课时都不见他们如此认真，那情景颇为感人。

而为了言传身教，我特地花费数日精心编撰了一份聊天宝典，里面详细记录了我的经验感悟，还附有我的聊天实录。此宝典一出，立即引起全班轰动。每个人都拿个3.5寸的磁盘到我电脑上拷了回去，认真研究。

在我的影响下，我们班的网恋率要远远高于整幢楼的平均水平，我们那幢楼的网恋率要远远高于全校的平均水平，我们学校的网恋率要远远高于全市的平均水平，我们市……好了，咱能不能不吹牛×了？

我的意思其实是，网络彻底改变了我的生存状态，让我找到了一种英雄有用武之地的快感。

11

本来我以为，通过网恋我很快就能够实现自己的爱情梦想：找到一个美丽善良的女孩，开始一段浪漫难忘的爱情。

我猜中了开头，却猜不中结尾。

开头就是我确实"恋爱"了，结尾则是这种恋爱的滋味完全不是我想要的那样。

首先是见不到面着急，其次还总是互相猜忌，而且情感关系极度脆弱，常常不攻自破。

后来我琢磨明白了，这种脆弱根本体现在一种不信任上。因为网恋其实更多是自己想象出来的美好。

比如说，对方要是不够主动，我会不舒服，成天对着电脑发呆，等她上线，那感觉特别憋屈。对方要是太主动，我也会不舒服，我会想，你一个女孩怎么能够这样呢？你得多饥渴啊？你到底是干吗的？

总之，对我而言，每次网恋几乎都严格遵循着"兴奋，高潮，衰败，死亡"的轨迹。长则一两个星期，短则三四天，就会原形毕露，无疾而终。

更可怕的是，每次网恋失败后，我都会对爱情多一份忌惮和失望。

后来我学会了一个词叫饮鸩止渴，说的就是这回事。

12

当然也会有见面的，可是不见还好，至少有个念想，见面后总发现对方长得比班上那两个大宝贝还要让人绝望。也真是邪门了，难道漂亮姑娘都不上网？

因此，在网恋了一段时间后，我决定金盆洗手，结束这个无聊的行为。

至于对毕业前找个女孩好好恋爱一场的念头，我算彻底认怂了。

13

上帝他一定是个叛逆的小老头，你越是想要，他就越是不给，你心如止水，他反而来劲了。

我的意思是，在我完全没有心理准备的情况下，我的生命中突然出现了一个女孩，并且符合我对初恋所有的期望。

好了，是时候请出本书的女主角——童小语同学了。

彼时童小语芳龄十七，正是风华正茂、情窦初开的好时候。

我们相识在"榕树下",现在的孩子对这三个字应该无感,但在2000年那绝对是圣地一样的存在,毫不夸张地说,那个年代如果一个文青不知道"榕树下",没有在"榕树下"发表过文章,那么他的身份根本无法成立。

包括安妮宝贝、郭敬明、宁财神、蔡骏等在内的一批大牛(牛人),都是从这里走出来的。

我虽然没那么厉害,却也算"榕树下"的元老级用户,因为爱好文学,也因为渴望爱而不得,于是开始各种YY(意淫),写了好多篇缠绵悱恻、闷骚至极的爱情故事,在"榕树下"发表后渐渐积累了不少的人气,也有了一定数量的拥趸。

童小语就是我的忠实读者,别人把我杜撰的故事当成消遣,她却当真事看,几乎在我的每篇文章后面她都会留很长很长的言,主要内容都是千篇一律地安慰我,鼓励我,祝福我。虽然言辞颇为幼稚,但字字真心真情,我看了挺感动,于是偶尔会回复,她看到我的回复后会立即再留言。就这样一来二去,算是认识了。

要说童小语给我的最初印象,那就是真诚、单纯,还有一点点的傻。

这感觉谈不上多好,但绝对不坏,因为聪明姑娘太多了,傻乎乎且愿意付出的女孩却不多见。

14

后来，"榕树下"为了加强用户黏度，开始向资深作者开放一些专属论坛，由作者自行打理。

我就是最早那批论坛的斑竹（你确定知道这个词是什么意思吗？）之一。我思考了三天三夜，最终将我的论坛定位成情感而非文学，并且取名为"寂寞疼痛"。我的良苦用心很快得到了丰厚的回报，就冲着"寂寞"和"疼痛"这两个词，祖国各地无数痴男怨女齐聚而来，集体抒发他们内心的"寂寞"，个个"疼痛"得不行。

"寂寞疼痛"很快在"榕树下"声名鹊起，并且以绝对的优势成为人气最旺的论坛。这最大程度上满足了我的虚荣心。我犹如改革开放后的暴发户一样在面对突如其来的财富时感到不知所措。白天上不好课，夜里睡不好觉，逢人就乐和，一天到晚像个小疯子一样没心没肺地活蹦乱跳，表现出来的症状和一个神经病患者别无二样。

真的，对一个习惯了心比天高、命比纸薄的人而言，这种幸福感不亚于金榜题名、洞房花烛。

15

总之，从 2000 年的暑假开始，我借着"寂寞疼痛"这一亩三分自留地活得异常生猛，通常状态下我都是以一个救世主的身份去面对那些为爱煎熬为爱不能自拔为爱像得了癫痫的女孩。

救世主自然是受人尊敬的，事实也是如此，在论坛里我有着绝对的威信，也受到了无数 MM 媚俗的崇拜。

她们爱看我编织的爱情故事，并身陷其中，她们更乐意听我分析爱情的道理并奉为真理，她们"爱我、宠我，包容我的一切不良行为"。

长此以往，我极其任性，还养成了很多坏习惯，比如"外地人不聊，男人不聊，老女人不聊"的"三不聊"原则。

啊！那真是我人生最讲原则的一段岁月。

16

童小语自然也跟着来到我的论坛，并且很快成为最活跃的用户之一。

她开始从对我写的故事有兴趣变成了对我有兴趣，并想当然认为我应该"英俊，深情，内心布满了伤痕"，理由则是"那么多女孩喜欢你，却无一不是以悲剧收场，必然是这样的男子"。

我看了哑然失笑，告诉她故事都是假的，是我YY的，千万别当真。还有，没事少看点安妮宝贝的书。

可她根本不信，还总试图安抚我一颗伤痕累累的心，让我千万不要对爱情绝望，因为这个世界还是好人更多，只要我相信，一定会有一份美好的感情在前方等着我。

我晕，这不是我平时对那些女孩说的话吗？怎么用回我身上了？

我突然意识到说服童小语是件很难也很无聊的事，于是不再理睬。

结果伊又说："看，被我说中了吧，苏扬你就是受伤了，而且伤得很严重。"

我无奈，问她到底如何才能相信我不是她想象中的那种衰人。

她回答："很简单啊，我也在上海，你出来和我见面好不好？"

我说："不好。"

17

我拒绝的理由很简单，那就是我认为我之所以能够在论坛的网友那里保持着绝对的话语权，不全是因为我是版主，也不全是因为我会写小说，更多是因为我刻意保持着和她们的距离，营造出神秘的感觉。这种神秘感反而让我们之间的黏性更大。

很多时候，想象比真实更有吸引力，一旦虚幻回归现实，理性取代感性，反而没劲了。

当然，更主要的原因是，我并不自信，从颜值到气质。

我好不容易屏弃真实，拥抱虚幻，获得存在感，怎么可能再反其道而行之，自讨没趣呢？

所以尽管"寂寞疼痛"里总有女孩希望和我见面，我通通拒绝，非但不见面，连照片都不会发一张，我越是这样，她们就越是欲罢不能。

18

和其他人不同的是，童小语始终没有放弃和我见面的念头。她继续在我新写的故事后面留更长的言，也继续在论坛里传播着对我的各种臆断。到后来她干脆得出一个结论，我之所以如此神秘，只是因为我有严重的生理缺陷，不是不想见人，而是见不得人。

童小语说："啦啦啦，我知道苏扬的爱情为什么总是以悲剧收场了，因为他自身就是一个悲剧啊！我也终于知道为什么他的爱情总是残缺了，因为他的身体就有残缺啊！"

　　我不知道这他妈有什么好"啦啦啦"的。但我明白这个世界有多少人爱你，就有多少人讨厌你。童小语如此弱智的观点，竟然很快获得了不少姑娘的支持，她们开始无节制地非议我，中伤我，开我的玩笑。甚至有人发出一张在街头行乞、蓬头垢面的断腿乞丐照片，说："那人就是苏扬。他身残志坚，白天要饭，晚上写作，两不耽误。"

　　我的天哪，这都是些什么人啊！

　　眼看谣言有愈演愈烈之势，我再也无法坐视不理，赶紧发私信给童小语，让她立即停止造谣，否则后果自负。

　　结果她还一脸茫然地回："木有（没有）造谣啊，我只是陈述一个事实而已。你要想证明你没毛病，很简单，出来见见不就完了？"

　　我琢磨了好久，最终答应了。不过也有个条件，那就是只能见她一个人，而且不能拍照，不能录音，不能告诉别人。

　　童小语叹了口气："好吧，没想到你还是一个敏感脆弱的玻璃心乞丐。"

19

　　2000年9月中旬的一个傍晚，我骑车沿着中山北一路直奔虹口公园，然后披着一身臭汗站在公园门口约定的茶坊前。

虹口公园门前的广场上人流如织，热闹非凡，一群年过半百的阿姨正在幸福地跳着广场舞，空中翱翔着各种形状的风筝。卖糖葫芦的大爷和卖茶叶蛋的大妈拼命朝你殷勤地微笑试图引起你的注意，笨重的洒水车发出悦耳的音调在你面前飘然行驶，成群的白鸽从低空缓缓掠过，远处大厦的落地玻璃窗在夕阳的照耀下熠熠生辉，天地间一片祥和。

离约定的时间还有一会儿，为了调整好状态，我不停地用纸巾擦拭脑门上的汗水，然后反复对着汽车的反光镜研究怎样的微笑比较有魅力，怎样的站姿比较有男人味，间或还掏出一把小木梳梳理我那凌乱的、泛着油光的头发。我知道我的样子有点奇怪，还有点邋遢，从路人讶异的眼神中我能看明白，他们肯定以为我是个傻瓜，可这没关系，只要能确保等会儿见到童小语时是我最好的状态就行，基于我和她的关系，我一定要先声夺人，让她明白误会我是个残疾人究竟有多愚蠢。

就这样，我在原地晃来晃去，时而张开双臂，时而合拢抱胸，练习笑容更是练得脸部肌肉僵硬，看上去不知道是笑还是哭。

时间很快到了，童小语却始终没有出现。

那时候我们都没有手机，BP 机还是数字的，因此除了傻等，别无他法。

我硬着头皮又等了会儿，突然意识到很可能被童小语晃点了，说不定从头到尾她都是个骗子，故意逗我玩呢，我还傻拉巴唧真相信了。

　　说不定"她"根本就不是女孩，而是个男人，还是个大叔，特猥琐的那种呢。

　　当年最流行的一句话不就是"互联网上，没有人知道你是一条狗"吗？

　　一定是这样。

　　就在我愤怒不已并决定立即打道回府之际，一直站在我身后的那个披着长发，化着浓妆，拎着包包，踩着高跟鞋，穿着并不合身的职业装，看上去至少一米八的女孩迈着碎步迟疑地走到我身边很礼貌地问我是不是叫苏扬，然后在我惊魂未定之际，这个穿着打扮奇怪却很漂亮的女孩说她叫童小语。

20

　　我抬头，感慨："你是童小语？你怎么会是童小语？你不是才十七吗？"

　　她一脸茫然："对啊，怎么了？"

　　我拼命咬舌，好不容易回过神来："没什么……我早就到了。"

　　"我知道的，我比你到得更早，你一来我就看到你了。"

　　"为什么不叫我？"

"因为我不确定是你！"

"哦，明白了，因为我不是残疾人，对吧？"

"我当然知道你不是残疾人。"

"那你……"

"因为你长得也不是我想象中的那种男人。"

我尴尬，赶紧调侃："嘿，我就说你把我想得太美好，怎么样，失落了吧？"

"还好吧。"童小语一脸真挚的表情，"可是你为什么要晃来晃去，还对着镜子咧嘴笑呢？"

我大窘："是不是觉得我好傻？"

"这可是你说的。"她狡黠地笑了一下，然后看着身后的茶坊，"外面好热的，我们进去聊吧。"

21

茶坊里开足了冷气，人在里面舒服多了，我紧绷的神经也慢慢松弛。

"苏扬，见你一次可真不容易！"童小语得意地感慨，"幸好我会激将法，小时候看《孙子兵法》学的，嘻嘻。"

我满脸无奈："好吧，你为什么一定要见我？"

"没有为什么，就是想见啊！"童小语缓缓搅动面前的红茶，"可能因为你是个作家吧，我挺好奇的，我从来没见过活的作家。"

"看这话说的！作家，还活的，哈哈，就我那两下子，蒙人的都是。"

"不，你就是作家。"童小语很认真地强调，"如果你不是作家怎么可能写出那么多好看的文章？还有，如果你不是作家，就不会长成这个样子。"

她的观点很新颖，我表示愿闻其详。

"因为正常人是不会留那么长的头发的，就算留长发也不会蓬头垢面、不修边幅的，也就你们搞艺术的才会是这种邋遢样。"

我刚喝进嘴里的水差点给气得喷出来，什么人这是？一本正经地胡说八道。

为了避免被童小语天真的言语继续伤害，我赶紧转移话题："你是不是很喜欢作家？"

"嗯，对的，我还梦见过韩寒向我求婚呢。"

"韩寒？我知道，听说那小子很色的。"

"讨厌，不许你这样说他。"

"骗你干吗？我有他家电话，回头帮你介绍介绍，说不定能撮成好事呢。"

"真的?"童小语信以为真,笑逐颜开。

"煮的。"我白了她一眼,"你可真够幼稚的。"

"你们作家都喜欢骗人。"她沮丧万分。

我佯怒:"我说了我不是什么作家,你叫我作家还不如叫我傻 × 来得好呢。"

结果童小语竟然当场拼命摇头表示自己不明白傻 × 是什么意思,等我费尽口舌向她解释清楚傻 × 就等同于他们上海话里的"戆大",也就是"白痴、十三点、二百五"的意思后,她突然笑靥如花地对我说:"苏扬,那你就是一个傻 × 作家。"

…………

22

两年后的某一天,我在虹口公园附近租了一间地下室作为安身之所。茶余饭后我总喜欢一个人沿着虹口公园的围墙走走,一边打发无聊的时光一边趁机回忆点什么。每次路过我和童小语第一次见面去的那家茶坊的时候我都会小心翼翼,茶坊里有时候人满为患,有时候空无一人,透过宽敞明亮的落地窗我可以清晰地看到我和童小语曾坐过的那张秋千长椅晃来晃去,寂寞得可以。其实我知道寂寞的不是秋千,只是我的心，但我不知道一个人如果变得麻木不仁是不是就不会再为消逝的幸福而感伤，反正我做不到，说实话我真的很想游戏人间，想玩弄感情，可是我根本就做不到，我拿不起更放不下，我得不到更忘不了。我痛恨我身上的这些痼习，所以我总是会对自己说：我们之所以会对一个人加以留恋并感伤不已，并不是我们性格里缺乏无耻，缺乏残忍，缺乏喜新厌旧的能力，我们缺乏的只是遗忘的本领。也就是说，如果当一份感情结束的那一天大家就可以立即忘掉曾经的风花雪月，那么谁都会活得很开心。

在童小语离开我的日子里，我最大的愿望就是寻觅到三样东西：孟婆汤、忘情水，还有一壶名叫"醉生梦死"的酒。

第二章

情
窦
初
开

单纯其实是一把锋利的双刃剑，

在给予你快感的同时也会深深刺你一刀。

在和童小语最初的交往中，

我就被这样无情地伤害过很多次，痛彻心扉还说不出口。

WHEN WE WERE YOUNG.

1

　　我们学校附近有一个很大的娱乐城，建在地下，名叫"帝宫"，集餐饮店、录像厅、网吧、游戏房、溜冰场等设施为一体。其中录像厅每晚连续放三场电影：一场美国科幻片、一场香港警匪片、一场日本动作片。录像厅里的座位是那种包厢式的，放前两场时基本没什么人，等到第三场的时候男男女女开始疯狂拥入，一对对往包厢里钻。基本上屏幕上"战斗"激烈时包厢里也是战火缭绕，那场景蔚为壮观。

　　"帝宫"的网吧也是我们学校混混们的活动大本营，2000 年最流行的网游当数《帝国时代》。当时网吧的硬件之烂是现在幸福的你们所无法想象的。CPU 大多是赛扬 366，显示器是 14 寸的模拟机，网络也不好，经常玩到一半脱机。然而这些根本就无法阻挡我们把最大的热情投入网游上。那个时候，我们会为怎样才能把《帝国时代》第一级的升级时间加快十秒钟而绞尽脑汁，为在第三级造二十七个农民还是二十八个农民争执不下……

我玩游戏的最高纪录是连续两天两夜，最后走出帝宫的时候东南西北黑夜白昼都分不清了，而我们宿舍的杨三儿更猛，他大四时曾有过连续熬二十九个通宵的经历，被我们"惊为天人"。

2

说到杨三儿，就挺有必要简单介绍一下我的室友们，他们千奇百怪，野蛮生长，只是在我回忆里却又可爱至极。

我们宿舍一共六个人，分别来自祖国六个省。和很多大学宿舍一样，我们也是按照年龄来排资论辈。来自甘肃的司马东以 1976 年出生的高龄排名第一，被我们尊称为老人。老大身材雄伟，满面横肉，胸前长毛，肌肉多多，为人仗义，酷爱打架，大学四年发动了 N 次"暴乱"，率领我们宿舍五个精强力壮的小伙子南征北战，打遍整个宿舍楼无敌手。

大四毕业前喝散伙酒，大伙事先商量好要搞搞老大，于是一个个感慨这四年若不是老大的英明带领，我们决计活不出现在的尊严。听得老大感动不已，眼泪狂流，最后拿起一瓶白酒，仿佛有什么话对我们说，结果嘴唇颤动了半天，什么也没说出来，突然一仰头一口气把一瓶白酒全给喝了，喝完之后直接倒下昏迷不醒，后来在床上躺了三天三夜，差点挂了。毕业后老大回到甘肃轰轰烈烈开发大西北去了，从此再无音信。

3

老二是睡我对床的老马。老马为人多情，生平唯一爱好就是谈情说爱。老马很帅，身材健硕，嗓音雄浑，凭借这个得天独厚的优势，老马在大一大二两年恋爱了不下十次，每次都死去活来——女孩死，他活——且最后都能全身而退，因其下手之准、分手之快而获得"禽兽"这一至高无上的称号。

"禽兽"老马于万花丛中翩然起舞、流连忘返，"见人杀人，遇佛灭佛"，过得颇为得意，后来或许是上帝不忍看到生灵涂炭，于是就发配了一个叫李眉的女孩到老马身边，牺牲了一个人解放了全人类——大三刚开学的时候老马突然疯狂地迷恋上了海南姑娘李眉，并且爱得莫名其妙，爱得欲罢不能。野蛮的老马以前追女孩仗着自己是帅哥，总是很跩地强行拉人家去约会，并且百试不爽。没想到这次却害羞了，然后采用了最为原始的方法：每天买一张三十元面额的 201 电话卡，然后在熄灯后躲在桌子底下和李眉温馨夜话，跟个情窦初开的傻瓜一样。

那个叫李眉的姑娘我见过，比我们低一年级，模样清秀，穿着普通，走路从来不见抬头，而且喜欢用长发遮住自己的眼睛，浑身透露着一股乡土气息。真不晓得老马怎么就为这种女孩欲罢不能，最要命的是这个姑娘死活还不理我们老马，一直把他当流氓看待，却又从不拒绝这个流氓的电话，属于不给你希望又不让你绝望的那种，性质特别恶劣。

大三第一学期结束后的那个寒假，老马在李眉二十岁生日前一天坐了三十八个小时火车赶到了李眉的家乡海口，在火车站和一帮乞丐挤了一夜，第二天早上终于见了李眉一面，并亲手送上了鲜红的玫瑰。老马认为这就是浪漫，李眉却认为这是变态，当场愤怒地将老马的玫瑰给扔了，并且吓唬他说你得立即回去，我们这里的人还没进化好呢，要是让我爸爸妈妈发现了你还能不能回去就谁也不晓得了。心碎的老马特受打击，一时间觉得天旋地转，差点当场晕倒，于是又坐了三十八个小时的火车往回赶，到上海的时候身上只剩下一块钱，正好可以坐没空调的公交车。后来老马在学校门口见到我时像看见亲爹似的叫喊着就往我怀里钻，哭得那叫一个伤心欲绝。

那个寒假剩下的日子老马意志消沉，天天寻死觅活，不管看男人还是女人一律都是哀怨无比的眼神。我们都说这是报应，简直大快人心。老马也咬牙切齿地说再追李眉他就是大伙的孙子，结果大三第二学期开学后他又继续以一天一张电话卡的频率和李眉温馨夜话，弄到最后大门口卖电话卡的老太婆都不敢把卡卖给他了，以为这小伙子在搞电话诈骗呢。

有道是精诚所至，金石为开，当老马打完的电话卡可以绕学校一圈时，他终于成了李眉的初恋男友。从此以后，在学校里总是可以见到我们的大孙子老马牵着自己那永远低着头的女朋友的小手，扬扬得意，幸福无比。

4

老三姓杨，其真名几乎被世人遗忘，我们都管他叫杨三儿，简称"三儿"。三儿是河南人，体态肥胖，皮肤白净，以行为疯癫闻名于全系，大一刚进校没几天他就彻夜狂背英语单词，不眠不休，结果两个星期后就号称把四级词汇全部背完，然后又花了一个星期把那些单词全部遗忘。大二的时候我们系男生中间刮起一股减肥浪潮，三儿首当其冲，每天熄灯后领着一帮老爷们围着四百米的跑道狂奔，别人一般跑个三四圈就累得不行，三儿却每天坚持跑二十圈，跑下来还兴冲冲去做俯卧撑，非常疯狂。悲哀的是，一段时间后三儿体重不但没有下降，还胖了十来斤。三儿不服，还强词夺理说自己过劳肥，看上去胖，实则很虚，得好好补补，然后大半夜拉着我们去喝酒，一喝就是七八瓶。

三儿后来突然迷上了电脑游戏，从此变成游戏狂人，并将自己执拗极端的性格发挥到了极致，从此住在了网吧，上课几乎看不到人，经过一年的疯狂操练终成正果，成为我们全系第一游戏高手，深受同行尊敬。

毕业一年后，当初在《帝国时代》里骁勇无比、酷爱杀农民的杨三儿成了一无业游民，成天游荡在彭浦新村一带，通过孜孜奋斗，终于成了当地一个颇为成功的流氓。有一次我去看望他的时候他还在睡觉，当时已经是下午四点，杨三儿说除了睡觉他实在想不出还有什么方法可以打发这百无聊赖的时光，这句话从一个二十几岁的小伙子口里说出来多少有点悲凉。我问他在上海没有工作为什么不回河南老家，他却愤怒地回答："不回，死也要死在上海。"杨三儿说完这句话后就不再理我，而是继续蒙头睡觉，他的身体在薄薄的被子下面微微颤抖，我不知道那是因为冷还是他在哭泣。在游戏里他是帝王是英雄是万千少女崇拜的偶像，可现实生活中他什么都不是，只是一个无业的臭流氓。杨三儿其实一直都是个很善良的人，善良得不会留恋过去的光荣和梦想，其实我知道他不是不会而是不敢，现实的艰难更加坚定了我这个观点，一旦一不小心触动了，再细微的失落也会让你彻底绝望，而与其绝望，不如遗忘。

5

老四是黑龙江人，身材比三儿还要壮几分，所以我们又称老四为"胖大海"。老四的脑袋又黑又小，且动作灵活，所以每次看到老四的头我都会不由自主地想到龟头，别想歪，是真的乌龟的脑袋。老四有几大特点，一是睡觉睁着眼睛，要说有些人睡觉不闭眼睛也不是很夸张，可他几乎和不睡觉时没什么两样，有时候你半夜不小心看到他，发现他正睁大着眼睛看着你，能把你直接吓成神经病。老四第二个特点是爱听黄梅戏，每天晚上熄灯后他都要拨弄他的小破收音机收听黄梅戏，听到开心时还跟着哼两句，后来在我们集体抗议下不听黄梅戏，改听京剧了。老四第三个特点就是爱批注《红楼梦》，他有不下十几个版本的《红楼梦》，每本书的前几页都密密麻麻写着他的批注，而到后面就不了了之了，由此可见，他是一个博学的人，最起码是一个伪博学者。老四不但博学而且心灵手巧、胆大心细，曾经无数次改造我们宿舍的电路结构，让我们可以肆无忌惮地用各种大负荷的电器设备却不会电费超支。老四还有一个神奇的地方就是每次考试前他都可以弄到前几年的卷子，按理说他认识的人不多，这卷子怎么搞来的非常奇怪，老四也不点破个中奥秘。此外，老四还精通各种作弊的方法，有些方法会让你由衷地感慨人类的智慧、生命的神奇。总之，因为老四的存在，我们班的考试通过率大为提升，让其他班的哥们羡慕不已。

老四现在据说在鼓捣互联网自行车，已经到了 B 轮，看上去前途不错，值得祝福。

6

老五就是兄弟我了，一个心比天高、命比纸薄，外表人畜无害，内心纠结拧巴，细腻，敏感，还有点多疑的家伙。基于全书都在自我剖析，在此暂先不表。

老六名叫顾飞飞，上海本地人，高且巨瘦，皮肤黝黑，形如麻秆，长长的头发永远蓬乱着，弯弯曲曲罩在头上，像一个大帽子。老六个性亦正亦邪，人生观点极其接地气，且精于算计，口头禅是"我看没那个必要吧"。老六做人从来不吃亏，和谁关系都不错，但又都保持一定的距离。不过对我还算真心，只因我俩有个共同的爱好，那就是《拳皇97》，且水平相当，理念趋近，玩着玩着就玩出了真诚的革命友情。特别是毕业后我们曾互相扶持，度过了一段难忘的苦涩岁月。

　　以上就是我们宿舍六个人的素描，时光荏苒，我至今都可以清晰地回忆起每个人的模样，上至精神，下至汗毛，虽然在一起时我们并不见得有多和谐，经常针锋相对，也曾钩心斗角，但我知道，那段荏苒的时光相比日后的艰辛，绝对值得一生去珍藏。

7

　　从9月到10月，我和童小语又见了几次。值得庆幸的是，童小语再没有像第一次那样扮相成熟，而是呈现出一个十七岁小姑娘的本色，穿着花花绿绿的休闲服，背着大大的JanSport（杰斯伯）双肩包，扎着马尾辫，说话的时候摇头晃脑，走路的时候蹦蹦跳跳，看上去永远都没心没肺的模样。

　　我问她为什么第一次见面时要打扮成那样，童小语说是因为害怕我是一中年人，如果她看上去太孩子气的话会和我之间有代沟。童小语抱怨说那身衣服是她妈的，平时看她妈穿着还挺时髦的，怎么穿到自己身上就特别扭，以后再也不穿她妈衣服了。童小语还说真没想到我还蛮年轻，虽然不英俊也不洋气，但人看上去很老实也很健康，说到这里，童小语嘻嘻哈哈笑开了，仿佛中了彩票一样开心。

童小语问我第一次见她是什么感觉。我想了很久，认真说了两个字："美好。"

"你可以说我漂亮、可爱啊！"童小语听了直摇头，表示不懂。

"不，就是美好。"我笃定地点点头，除了美好，其他的形容词真的不足以形容我的感受。

也正是这份美好，让童小语在我的心里，悄悄变得与众不同。

8

我们约会的地点大多是在以虹口公园为中心向外发散的一公里范围内。虹口公园旁就是虹口足球场，前方就是四川北路，附近还有更出名的多伦多路和甜爱支路，那里风景宜人，非常适合恋人约会。我从来没这样和女孩约会过，而且还是一个年轻、漂亮、时尚、可爱的上海女孩，你可以尽情想象当时我的心情是多么惶恐。

至于我们之间的交流，随着见面次数的递增，也很快从一些虚头巴脑的话题转到实质之上。

"童小语，你有想过找什么样的男朋友吗？"这个问题我一直挺好奇。

"当然想过了，常常想呢。"童小语显然对这个话题非常感兴趣。

"要不要这么激动？你倒是说说看。"

"好的呀！其实也没什么，就三点。"童小语眉飞色舞地对我说，"第一要有钞票，第二长相要灵，第三要对我好。"童小语说这三点的同时唰唰地在我面前伸出三根细细长长的手指头，晃来晃去。

童小语在说完之后显得很兴奋，丝毫没有看见我正冲她吐舌头表示不可思议，继续欢天喜地地说："这三点中呢，特别重要的就是要对我好，不管我叫他干什么他都要答应我，不管什么时候都要把我放在第一位，我高兴的时候他要陪我一起高兴，我不高兴的时候他要逗我开心，嗯，就这样。"童小语说完之后自顾自地点点头。

我忍不住问了一句："要是他对你不好怎么办呢？"

"打啊！"童小语回答得干脆利落，"他对我不好我就狠狠地打他，就这样……"童小语说时化掌为拳，然后握着个小拳头在我面前挥来挥去，并且龇牙咧嘴做凶神恶煞状。

"怎么样？"童小语很是挑衅地看着我，"我说苏扬，你看我能找到一个心甘情愿让我打的人吗？"

我仔细思考了一下，在确定她的拳头并没有太大杀伤力后放心地说："当然可以了，这年头打女人不太现实，想挨揍还不容易？"

9

相比难得一次的见面，我们之间更多的沟通还是写邮件。那一个
多月内我和童小语至少通了五十封电邮。童小语就像做家庭作业一样
每天向我汇报她一天之内的所有活动内容和心情感悟，并且特别乐意
和我分享她的一些小秘密，比如，她又和自己的同桌闹不开心了，原
因是她上课睡觉的时候被老师抓住了，而她的同桌没有及时把她叫醒；
班上一个女生不小心放了个屁，臭了半个教室却没有人承认，其实她
知道就是坐她前面的周思嘉；放学回家的路上又有人把她拦住问她是
不是章子怡，还非要让她签名，她已经 N 次被人认为是章子怡了，为
此她很苦闷……

就是这些琐碎的、烦乱的、对我毫无意义的事情占据着童小语给
我的 E-mail 的绝大部分内容。除此之外，童小语还非常蛮不讲理地
给我灌输一些她认为很有趣味的事物，比如，各种各样的头绳、贴纸、
小挂件，花里胡哨的笔记本，香港名店街里十六块一套的大头贴，亚
兴生活广场的鬼屋，正大广场地下一层吉时客的黑椒鸡翅，S.E.S 的新
专辑，"衣恋"的绒线衫……她很喜欢这些东西，于是也想当然地认为
我会很喜欢。事实上，在认识童小语之前对这些东西我是一无所知的，
任凭我想象力再丰富也实在想不出我的生活和大头照会有什么联系，

可经过她的反复熏陶之后也成了半个行家，能滔滔不绝说出个所以然
了。以至一向嘲笑我很 low 的老马都觉得不可思议，为什么我突然变
得时尚起来。

10

稍做总结，通过那一个多月的交往，我清楚地知道了童小语以下
一些情况：

1.童小语最骄傲的事情：去过美国、韩国、日本等十来个国家，
充分见识了资本主义的高度发达，也领略过我大中华的好山好水。不
过对这些童小语并没有太多感悟，倒是对自己乘过不下五十次飞机津
津乐道。

2.童小语最心烦的事情：她的身高。童小语无数次抱怨她的身高。
"怎么就长这么高呢？"她常常这样反问自己，然而让她更加心烦的事
情是，她还在继续长高。用童小语对我说的口气就是："我都一米七四
了，还在长，真是愁死我了。"

3.童小语最得意的事情：她是学校的领操员。每个星期二的上午
九点半是学校的早操时间，那个时候童小语就可以站在一千多人面前
领头做早操，非常神气，于是童小语希望每天都是星期二。

4. 童小语最擅长的事情：拉手风琴。八岁那年她考出了当时全国最高级，不过现在好像又升高两级了。每每提到这个，童小语还会很愤怒，高呼不公平，但是不公平在哪里，她又说不上来。

5. 童小语最伤心的事情：2000 年的春天谈了一场网恋，以失败告终，结果元气大伤，开始思考一些深刻的问题，诸如人为什么要活着，活着为什么要谈恋爱，谈恋爱了为什么会失恋，失恋为什么会那么伤心之类看上去很沧桑其实毫无意义的问题。

6. 童小语最爱吃的东西：肯德基的奥尔良鸡翅，她可以一口气吃五对。童小语最不爱吃的东西：麦当劳的炸鸡腿，童小语说她连看都不要看一眼。

7. 童小语最爱的人：韩国女子天团 S.E.S，童小语说听她们唱 *Tell Me* 时很伤感，听一次，哭一次。

8. 童小语最尴尬的事情：长得太像章子怡，经常在马路上被人家拉住要合影签名。

9. 童小语最担心的事情：她家对面在建的大楼已经快超过她家的高度了，童小语担心以后在家里换衣服被对面的人偷窥怎么办？总不能永远拉着窗帘吧？

…………

11

关于这个排列，我还可以连续不断写出很多，在我二十一年的人生历程中从来没有哪段时间像那一个多月一样去充分了解一个女孩，从她的喜怒哀乐、生活习性到她内衣的品牌和三围大小，甚至她的生理周期。童小语如同一个不知疲惫的小疯子一样把她旺盛的精力放在了和我交流之上，她一边迫不及待地把她十七岁的全部世界向我展示，一边从我的安慰中获得了巨大的满足感。

我是说，童小语生性善良，想象力丰富，却一直找不到一个志同道合的倾诉者，我恰如其分地出现，一定程度上给她提供了倾诉的可能。童小语为人善良，经常被她的同学欺负，往往是敢怒不敢言，因此所有的苦水只能往肚子里咽，吃哑巴亏。我的出现给她提供了完美的发泄渠道。她知道，无论她对我如何抱怨，我都不会有半点怨言。所以，大体上，在和童小语最初交往的那段时间内，我充当的就是这样一些角色：老师、闺密、树洞、出气筒。

我其实并不反感扮演这样的角色，我的大学一直平淡无奇，郁闷是生活最大的主题，现在有一个人烦你闹你最起码不会觉得很寂寞。更何况童小语虽然黏人，但绝对不让人厌恶，而且我还时不时会为她的一些天真无邪的举动感慨万分。现如今你要去找一个很漂亮很时尚

那时
年少

When
We
Were
Young

嘴上早已放下，

心里却还记得。

很风情的女孩都不是一件难事，你要找一个很单纯很天真的上海姑娘却绝对困难，这个道理我明白。

所以，对童小语告诉我的一切，我都照单全收。

12

单纯其实是一把锋利的双刃剑，在给予你快感的同时也会深深刺你一刀。

在和童小语最初的交往中，我就被这样无情地伤害过很多次，痛彻心扉还说不出口，而童小语却没心没肺根本一点都不知道。

比如有一次好不容易和她出去玩，从刚见面她就不停地看我衣服，看得我非常别扭，我以为衣服穿反了或者是上面有什么污物，借口上了好几次洗手间也看不出有什么不对。结果她还是不停地看，又不说什么，就是过一会儿看一眼，神态特怪异，最后我实在忍不住了，就问："你干吗总是看我？"

"啊？我没有看你呀！"童小语表情特别无辜。

结果过了会儿她又时不时瞅我，被我抓了个现行："喂，你又看我了——我说你头别转过去，对，就这样。"

"我真的没有看你，我只是看你的衣服。"

"不一样吗？"

"当然不一样了，我觉得你今天穿的衣服很奇怪。"

"怎么奇怪了？"提到衣服我有底了，因为那天我穿的衣服品牌是"班尼路"（现在这品牌还有吗？），怎么说也是个名牌吧。

"你这衣服有三十块钱吗？"童小语皱着眉头问，"怎么看上去那么怪呢？"

虽然我知道她无心嘲笑我什么，但我还是很郁闷，因为我这件衣服远远不止三十块："帮帮忙，我这衣服打折后还要五十呢，什么眼神你？"

"哦，那我倒是猜错了。"童小语嘴里承认错误，脸上却一副不知悔改的表情。"苏扬啊，你知道我这件衣服多少钱吗？"她突然兴高采烈地问我。

"让我先研究研究，嗯，料子很不错嘛！"我伸手扯了扯她穿的那件浅蓝色、上面尽是褶皱的连衣裙，仿佛行家。"三百吧。"最后我鼓足勇气说了出来。

"切！"童小语白了我一眼，鄙夷地说，"三百你去偷啊，我这是淑女屋最新款长裙，一千八百八好不好？"

"我的天哪！这也太贵了吧！"我吓得目瞪口呆。

"苏扬，你一定要记住，男人是绝对不可以穿廉价衣服的，否则一点身价都没有。"童小语特认真地对我谆谆教诲，"像你身上的衣服早就该扔掉了。"

我差点一口气噎死，有这么打击人的吗？

类似这样的打击还有很多，虽然每次当场我都会郁闷不已，可只要看到童小语无邪的表情，也就忘了所有的不开心。

13

一天大早上童小语突然不停地呼我，我赶紧回电过去，电话里她语气严肃地说想拜托我做一件事。

"苏扬，这次你一定要帮我一个大忙。"

"先说什么事情。"

"不行，你一定要先答应我，因为我已经答应我朋友了，如果你不帮我，我会很没有面子的。"

"好好好，我答应你。"

"耶！太好咯，我就知道你肯定会答应我的。"童小语在电话那头兴奋地叫了起来。

"现在可以说了吧。"

"嗯嗯，是这样的，我的一个女性朋友失恋了，特伤心，你能不能帮忙安慰安慰她啊？"

"这个啊，我想想哈……"

童小语立即炸了："不准耍赖。我都跟她说了我有一个朋友特别成熟，是作家，还是感情方面的专家，如果你不答应我，我真的会很没有面子的。"

"你别急嘛！我是说我得想想怎么去安慰她。"

童小语如释重负："这还差不多。"

14

周末中午，在虹口公园附近的避风塘我见到了童小语和她那刚刚失恋的女朋友，这个女孩也高高瘦瘦的，看上去更成熟些，只是始终拉着脸，一副生无可恋的样子。

童小语热情地给我们互相介绍："陈菲儿，我同桌，我们可要好了。苏扬，作家，专门写情感小说的，好多人喜欢他的作品。"

"作家你好，我天天听童小语说起你，特别是上课的时候，她会一直说到下课，你的事情我全知道。"陈菲儿对我说。

"你可别听她乱说哦，我从来没提过你。"童小语着急地否认，脸上立即浮现出两块红晕。

我看了她一眼，于是她的脸更红了："真没有。"

那天我们喝了一下午的茶，我只是象征性地安慰了陈菲儿几句，不敢多言，我怕说多了童小语会不开心，因为我知道童小语让我出来并不只是要帮她的同学，更多是为了表示自己很有面子。对陈菲儿而言，也无非是想看看童小语嘴里一天到晚提到的我究竟是何方神圣罢了。

因此更多的时候，我就充当了一观众，认真地听这两个古灵精怪的上海女孩各种显摆。

我的表现显然很不错，陈菲儿最后总结陈词："童童，我看苏扬挺好的。"

童小语还谦虚："菲儿你还不了解他。"

陈菲儿一脸笃定："放心，我看男人不要太准。"

晕，我可算听明白怎么一回事了。

只是我这人就不能嘚瑟，一高兴就爱说错话："不要太准还被男人甩？"

童小语急得直瞪我。

为了将功补过，我突然想到顾飞飞，赶紧对陈菲儿说："谢谢你对我的肯定，无以为报，给你介绍个男朋友怎么样？"

童小语抢答："好啊，我看行。"

陈菲儿故作老成："先说说他的情况。"

"我这朋友呢，也没什么特别的优点，就是为人特好，善良、勇敢、大方、诚实、勤奋、上进，脑子还很活络。"

"上海的还是外地的？"陈菲儿只关心这个。

"上海人，家就在虹口。"

"上学还是上班？"

"和我一样，大四，时间很充裕，家里还有钱，性格很不错，为人傻白甜。"

陈菲儿紧绷的脸这才松弛下来："听上去还行。"

"你可别再介绍个骗子，人家菲儿很单纯的，不好再受伤了。"童小语一脸紧张。

"这个你绝对放心，我的朋友各行各业的都有，就是没骗子。"我看着陈菲儿，调侃道，"再说了，以你的智商，谁骗谁还不好说呢。"

"这倒也是，童童你就放心吧。"陈菲儿热情地拉住童小语，"苏扬真的很不错，值得你考虑哦。"

15

晚上一回到宿舍我就对正埋头打游戏的顾飞飞说："快他妈别玩游戏了，哥帮你介绍一女朋友吧？"

顾飞飞头也不回："我看没那个必要吧？"

"你不要我就介绍给别人了，这里的光棍可不止你一个。"

老大鼾声连天睡得正香，听到我要介绍女朋友，瞬间就清醒了，眼睛睁得滚圆，精神抖擞地对我说："嘿，老五，说什么呢？大声点……"

"没你事，你正在做梦呢，赶紧继续睡吧。"顾飞飞吓得赶紧把我拉到一边，谄媚地小声问："长得如何？丑女我可不要。"

"还行吧，挺像范冰冰的。"

"我的天哪！这叫还行？"顾飞飞眉飞色舞，"会不会是个胖子啊？"

"模特身材，前凸后凹，堪比林志玲。"

"不对，这么好你干吗不自己留着？我看其中必定有诈！"

"诈你妈的头啊！那女孩太现实了，号称只和上海人谈恋爱，我们这种外地人她看不起的，所以只能便宜你小子了。"

"不错，不错，可以考虑哦！"顾飞飞一脸淫笑，"问她要联系方式没？明儿我就联系她。"

16

第二天一大早我就被顾飞飞的说话声吵醒了，眯眼一看，这小子正握着一张电话卡眉飞色舞地打电话呢，我心想不妙，赶紧打开抽屉，果然新买的 201 卡已经不见了，顾飞飞贱笑着对我挤眉弄眼小声说就一会儿。我相信了他，他却欺骗了我，那个电话一直打了一个多小时，直至余额为零。

"怎么回事，你电话卡里就剩这点钱了？"挂了电话顾飞飞心里有鬼，故意先发制人冲我抱怨，"好多话都来不及说。"

"你大爷的。"

"这样吧，我把我们刚才聊的全告诉你，让你也体验体验，反正不会白让你掏钱的。"

"去你大爷的。"

就这样，接下来的一个星期，顾飞飞每天都会给陈菲儿打很长时间的电话，宿舍里每个人的电话卡都被他打光了，为这事老马最后还和他急了，说这孙子太鸡贼，泡妞还要花别人钱，以降低自己的风险。

一星期后顾飞飞终于和陈菲儿见面了，地点就在人民广场大屏幕下（当年那可是全上海见网友的圣地啊）。

那天晚上直到十点多顾飞飞才回来，一脸憔悴，看到我的时候，立即伤心得不得了，直往我身上扑。

我想糟了，打认识这家伙开始从来没见他这样悲痛欲绝过，估计是见光死受打击了。唉！真是作孽，活得好好的，没事泡什么妞啊！

得，这事因我而起，我不能坐视不理，我拍着顾飞飞的肩膀安慰：

"别伤心，哥明天给你介绍一更好的。"

"不要了，谢谢哥。"顾飞飞声音都开始颤抖了，"真没想到会这样。"

"你别哭，慢慢说，有事哥给你做主。"

"嗯哪，哥，今天我一见陈菲儿就没控制住，我……我……"顾飞飞抬头，用一种很奇怪的眼神看着我，"我和她上床了，从此我再也不是处男了，我突然好伤感。"

"滚！"我一把推开他，怒气冲冲指着门口，"神经病，有多远给老子滚多远！"

17

顾飞飞和陈菲儿的感情一日千里，没过多久他们便开始用老公和老婆来互称对方。顾飞飞每天大清早都会骑车去陈菲儿家接上她然后送她上学，等下午再骑车接她放学再送回家。情到浓处，无法自已，这两个谈恋爱谈得忘乎所以的家伙兴致勃勃地号称要同居，后来因为租不起房而作罢，而没有房子最大的痛苦就是没地方寻欢，所以我们宿舍、学校操场，甚至虹口公园内的石头都成了他们的风月场所。

后来的后来，顾飞飞曾无数次指着虹口公园的石头对我倾诉，他说就是这些凹凸不平、黑不拉几的石头见证了他们最纯洁的爱情。说这些话的时候陈菲儿已经离开了他。顾飞飞曾对我说陈菲儿是他爱情的启蒙者，也将会是他爱情的终结者，其他女孩和陈菲儿相比只能算作过眼云烟。这一次顾飞飞猜对了前头也猜中了结果，陈菲儿确实把他的爱情终结了，在他们谈了三年后，她把顾飞飞给甩了。

也就是在虹口公园的石头之上，顾飞飞一边用力拍打着那些坚硬的石头一边痛哭流涕："我他妈的再也不会那样去爱一个人了，再也不会了。"

18

陈菲儿离开顾飞飞是因为嫌弃他没有钱，那时候陈菲儿已经上班了，在淮海路一家高级写字楼做老板的私人秘书。我不止一次看到陈菲儿对着顾飞飞大声咆哮说，人家一个月拿一万多，你一个月才一千出头，你怎么养我啊？

我又想起2000年深秋的一个下午，搂着顾飞飞满脸幸福的陈菲儿摇头晃脑地对我表示感谢，因为我帮他介绍了那么好的男朋友。

"苏扬，真的要谢谢你！要不是你，我还不认识我老公呢。"

而三年后，同样是这个女人，在怒骂过顾飞飞之后对我吐槽："他那么丑，又没有钱，这种人我真不晓得当初怎么会和他谈的，脑子进水了。"

完成这一切的转变只需要三年，时间或许不是很长，一个中年人过了三年还是一个中年人，一个老人过了三年还是老人，可三年的时间也不短，三年可以把一个学生变成社会人，三年可以把一个不谙世事的小姑娘变得利欲熏心，三年也可以把一份纯真的爱情伤害得支离破碎。

我亲眼看着这一切的转变，奇怪的是，我一点都不觉得这很残忍，仿佛天经地义。

19

时间回到 2000 年 11 月，童小语突然换了另一种方式和我保持频繁的交流，那就是写信。

童小语说快期中考试了，她不能出来了，还有她妈妈连电脑都不让她碰，所以邮件也不好写了。可她又不想停止和我的交流，写信毫无疑问是最好的方法，白天在学校的时候就能写，她妈管不着。

童小语还说她专门买了最漂亮的纸和笔，随时带在身上，有话想对我说了就赶紧拿笔写上几句，然后藏起来，等又有话讲了再写几句。童小语说这种感觉非常温馨，仿佛我一直在她身边，听她倾诉。

童小语的字非常漂亮，这得益于她从小的苦练，童小语说在长达十年的时间内她几乎每天都要用毛笔临摹《兰亭序》，一开始嫌烦，到后来竟然爱上了字里行间的味道，所以她给我写的信什么字体都有，而不管什么字体都让人赏心悦目。我从小就羡慕字写得好的人，童小语的来信让我对她的好感又立即增添了几分。

不过，凡事有好就有坏，自从童小语开始给我写信后，我的烦恼也增添了不少，那就是童小语也强迫我用笔写信给她，这简直要了我的命，因为我的字写得非常一般，而且不写字多年，已经完全是提笔忘字，更别提遣词造句了，因此原本的长项竟变成了短板。此外，童小语习惯在信中夹带着她平时收集的各种小玩意儿，为了礼尚往来，我也要随信夹送礼物给她，这对我的智商和耐心更是提出了巨大的考验。后来我学聪明了，干脆每次都送一些随手可捡的落叶和干花，附带写下花语之类的小清新文字，大大减轻了我的负担。

这些"礼物"都被童小语精心保存了起来，后来有一天她一起拿出来放在我的面前的时候，那些叶子和花都已经发黄了，却都保存完整，让我感动得不行。

就这样，一开始我们差不多以两天一封信的频率交流着，结果童小语越写越有感觉，到后来干脆一天来个好几封信。童小语在信中还感慨：好奇怪啊，为什么我想对你说的话总是说不完呢？

我回信：那就慢慢说，总有一天能说完。

她又回信：不要，我才不想等到那一天。我希望和你之间，永远说不完。

第三章

公元 2000 年

我清晰地记得童小语身上散发出淡淡的香味,很好闻。
我清晰地记得轻轨划过天空的速度和角度,
我清晰地记得我和童小语走过的每一条路的名字,
我清晰地记得空中传来的歌曲的旋律,
我清晰地记得遇见的每一位路人的笑容。

WHEN WE WERE YOUNG.

1

日子就这样在纸上，在信笺里，在字里行间，在我们看上去若有若无的思念中晃晃悠悠地来到了 12 月。

圣诞节前的那个星期六的早上，我睡得正香，宿舍电话突然响了，那帮浑蛋没一个愿意去门口接，最后还是我骂骂咧咧地裹着个被子蹦到了电话机旁。

"喂，麻烦你叫一下苏扬。"是个女孩，声音挺好听，还有点熟悉。

"不麻烦，我就是。"我闭着眼睛打哈欠，"你哪位啊？"

"要死啊，我童小语呀！"

"哎呀妈啊，对不起，对不起，我还没睡醒，没听出来，真不好意思。"我瞬间清醒了，赶紧道歉，"你怎么突然给我打电话了？有事呼我就行，我 BP 机一天二十四小时开着机呢。"

"干吗，不可以吗？"

"可以，可以，求之不得。"

"这还差不多，我就是想问你，平安夜能不能出来？"

"我当然没问题，一直不方便的人是你。"

"我也能出来的，我们一起过平安夜吧。"

"好啊。"

"那你早点出来，下午就出来，不，中午就出来。"

"好啊！"

"你别什么都好啊好啊的，感觉在敷衍我！"

"那我应该怎么说？"

"你应该很高兴，应该谢谢我，应该和我一样从现在开始就期待那
一天早点到来。"童小语很认真地对我说，"苏扬，我已经三十八天没
见到你了，你都快忘了我长什么样了吧？"

"有那么久吗？"

"当然有了，我真想早点见到你。"

"我也是。"

"我好不容易才争取到半天时间的。"

"我明白。"

"你要给我买好吃的。"

"没问题。"

"哼！我看你根本就不想见我。"童小语的语气突然低落起来，"我不联系你，你就从来都不主动联系我。"

"这不天天写信吗，一天好几封呢。"

"那也是我给你写的。"

"我也回信了，就是没那么多。"

"算了，不逼你了，等见面的时候再说。"

挂了电话，我睡意全无，心想：明明天天联系，怎么还不满足？女孩的心思可真是奇怪呀。

2

平安夜那天上午，我先是理了个发，然后还洗了个澡，最后又问老马借了双最新款的运动鞋，临出门时又抹了顾飞飞刚买的啫喱水，对了，还生平第一次刮了胡须，打扮得精精神神的，出发去见童小语。

我们依然约在老地方见面，我到时童小语已经到了，她比之前任何一次都更漂亮，显然也精心捯饬过。

　　远远看着她，有一种很不真实的感觉——这么漂亮时尚的上海小姑娘，真的和我有关系？

　　见到我，童小语竟然有点害羞："你来啦！这次挺准时的嘛！"

　　我也紧张："那必须的，可不能让你再等我。"

　　"你今天的衣服穿得还不错！"

　　"那是，不能让你再失望。"

　　"知错能改，善莫大焉。"童小语高兴极了，"好了，现在我们去哪里呢？"

　　"哎呀，这……我还真没想过，上海哪里好玩我都不知道。"

　　童小语看着我的窘样突然乐了起来："瞧把你给吓的，走吧，我们先去香港名店街。"

　　然后一把拉住我的胳膊，往对面的轻轨站奔了过去。

　　那是我第一次和童小语"亲密接触"，还是被动的。我清晰地记得童小语身上散发出淡淡的香味，很好闻。我清晰地记得冬日正午的阳光不再强烈，晒在身上很舒服。我清晰地记得轻轨划过天空的速度和角度，我清晰地记得我和童小语走过的每一条路的名字，我清晰地记得空中传来的歌曲的旋律，我清晰地记得遇见的每一位路人的笑容。新的千年即将到来，整个城市的人都心存善念，彼此祝福，一起为更加美好的明天默默祈祷。

3

作为那个年代的上海最时尚小资的场所之一，香港名店街以其得天独厚的地理位置和时尚新潮的商品而备受欢迎，此前我完全不知道人民广场的地下竟然还有这番天地，当童小语拉着我的胳膊坐电梯下行，推开一扇沉重的大门，然后我看到眼前璀璨炫目、五彩斑斓、热闹非凡的景象时，我彻底傻眼了，那一瞬间真有一种置身香港的感觉——我当然没去过香港，但关于香港的录像可没少看，旺角、庙街、铜锣湾、中环、尖沙咀、油麻地……这些地名对数以千万计的像我这样的小镇青年而言都如数家珍。

"快走吧，我都急死了。"看我张着嘴驻足不前，童小语直推我。

"你要干吗？"

童小语兴奋地回答："当然是逛街啦，我有好多好多东西要买。"

那个下午，我陪着童小语一直逛了三个多小时，将香港名店街的上百个店铺逛了个遍，逛得我双腿发硬，筋疲力尽，苦不堪言。逛到最后我困得几乎睡着了，可童小语还精力旺盛，拉着我往下一家冲。最过分的是，"有好多好多东西要买"的童小语根本没买任何东西，这在买东西从来不超过三分钟的我看来，完全不可理喻。

"苏扬你不懂的，女孩逛街的乐趣不在于买，而在于体验这个过程。"面对我的质疑，童小语还谆谆教导。

好不容易逛完最后一家店铺，我长吁短叹终于可以脱离苦海之际，童小语又推开一扇大门，然后指着更加花花绿绿的店铺用更加兴奋的口气对我说："啦啦啦，迪美到啦！"

"迪美？"我一脸茫然，"这又是什么鬼？"

"就是我今天真正想来的地方啊，香港名店街的东西都很贵的好不啦，也就看看，我们买东西都是到迪美的。那里才叫物美价廉呢……苏扬，你怎么啦？你脸色好吓人啊！哪里不舒服吗？"

4

迪美购物广场和香港名店街的调性完全不一样，没了装修富丽堂皇的店铺，而是一个个小摊位，不过人气要更旺，几乎可以用摩肩接踵来形容。童小语紧紧拽着我的胳膊，像鱼一样在人潮中游走，流连在一个又一个小摊位之前，特别对墨镜和口红情有独钟。

童小语在两款墨镜之间犯了难，戴了摘，摘了再戴，不停地问我到底哪款更好看。

"都好看。"我感觉严重缺氧，大脑已经完全不在线。

"哼！不准说都好看，哪一个更好看？快说呀！"

"框大点的吧。"我随便说了一个。

"为什么啊？"

"显得你脸小。"

"好吧，我其实也觉得这款更适合我。"童小语满意地看着我，"想
不到你也蛮有品位的嘛！"

"嗯嗯嗯。"我狂点头，"我们可以出去了吗？"

"当然不行，我还没买口红呢，有一款我惦记好久了，你快跟我
来呀。"

5

等我们终于从迪美出来时，天色已经完全黑了，而我也已近虚脱。
人生第一次陪女孩逛街就落得如此下场，让我从此对这个活儿产生深
深的恐惧。

一阵寒风吹来，我清醒了些。

"苏扬，这些是送给你的。"童小语将刚才买的一些小玩意儿递
给我。

"哎呀，你看我都没给你买礼物。"我突然意识到刚才应该买点东
西给童小语的，"要不我们再进去，你喜欢什么？"

"下次再说吧，我有点饿了，我们去吃饭吧。"童小语虽然装作不在乎，但语气还是有点失落。

"好啊，那我请你吃饭。"我赶紧振作精神，"刚才我看到有家馄饨店，生意好像很不错。"

"不要吃那个，我想吃肯德基。"童小语说完从包里掏出两张花花绿绿的广告纸，"我想吃刚推出来的一个套餐，我有优惠券的，一点都不贵。"

如果当时我面前有一块豆腐，我一定毫不犹豫地撞死算了。肯德基还叫不贵？一顿抵我一个星期伙食费。

请原谅我当时的震惊，也请原谅我对此要浓墨重彩几句。只因2000年肯德基对我而言绝对还是神一样的存在，听说过，没见过，路过过，没进过，原因很简单，害怕，怕吃不起，怕不会点，怕不好吃，总之，从没想过我的人生和那玩意儿会有交集。

"你还愣着干吗？钱没带够吗？"童小语突然一脸认真地问我，"我请你吃也可以的。"

"什么话这是？必须我请。"童小语的话说得我豪情万丈，也顾不上心疼钱了。我一把拉住童小语的手，"咱现在就去吃肯德基，去吃那什么新套餐。"

6

"童小语，我有话对你说。"吃肯德基时我对她说。

"什么啊？"童小语心不在焉地回答，眼睛却一直看着手中的汉堡。

"可不是我夸你，你今天比以前漂亮多了。"

"没有吧，怎么可能呢。"童小语一边猛啃汉堡一边谦虚，那样子特别可爱。不管她个头有多高，长相多成熟，在美食面前，就还是个孩子。

"真不骗你，感觉你瘦了，知道吗？今天刚见面时我差点没敢认你呢。"

"我们俩也就一个多月没见，没有那么神奇的。"

"是啊，上次见到你的时候大家还穿短袖呢，现在都披大衣了。"

"都怪你不好，是你不找我的。"

"我怎么找你啊，打电话到你家，还是冲到你们学校？"

"反正是你不好，我不给你写信，你就也不给我写，你还说要给我快乐呢，都是骗人的。"童小语放下汉堡，委屈地看着我。

"给你快乐？我怎么不记得了？"

"你看你什么都忘记了。"童小语手伸到包里掏了半天最后拿出厚厚一大摞信，丢到我面前，"你自己看看你有没有说过，还说了好几次呢。"

那堆信里不但有我这一两个月给她手写的信，还有以前写的E-mail，童小语把它们都打印了出来。而且在我的信上到处是童小语画的各式各样的符号，有的旁边还写着批注，比如一封信上我写着她是我见过的最美丽可爱的女孩，她就在旁边写着：肯定是假的，我才不会信呢。然后又补充批注：不过我还是很高兴他这么说。还有一封信上我说要带她去看看我的家乡，那里扬州一觉十年梦，春风又绿江南岸。她则在旁边写着：我要时时提醒他，否则他这个猪脑袋会忘记的……

看着这些花花绿绿的信纸，我突然意识到，童小语除了单纯、可爱这些宝贵的品质外，还有一点难能可贵，那就是真诚。这份真诚源自她的付出，无论当初在网上大段大段写留言，还是现在在信上写批注，这样的童小语都让我感受到一种付出的力量。

这种力量直指人心，疑似爱情。

7

吃完肯德基，童小语说还要到书城看看有没有出黑板报的材料。童小语说她学校里会举办黑板报比赛，上次他们班只拿了第四名，她这个宣传委员非常没有面子，这次无论如何要进入前三。于是我陪她来到附近福州路上的上海书城。

走进书城，童小语指着琳琅满目的图书问我："苏扬，以后你也会出书，在这里卖吗？"

"不知道啊！"童小语真把我给问住了，"我从来没想过这个问题。"

"你一定会出书的，你那么有才华。"

"我完全没信心。"

"可是有很多人喜欢你的作品。"

"那是在网上，出书很难的。"

"那我也相信你可以的，如果有一天你出书了，我要买十本支持你。"

"好啊，一言为定。"

"嗯，我还会告诉所有人，书的作者是我的好朋友。"童小语兴奋不已，"你要给我签名哦，还要给我写祝福语。"

"没问题。"那一瞬间，我暗自许下心愿，将出一本书作为我的人生目标。

不为其他，只为了不让童小语觉得看错了人。

8

在书城六楼，童小语买了几本美术书用作黑板报参考。接着我们又来到四楼音像专区，童小语说她的偶像 S.E.S 出新专辑了，她想看看。

在那里我们见到了 S.E.S 新专辑《*Surprise*》的 CD，童小语兴奋不已地捧在怀里，最后又遗憾地放回原处，语气失落地说："太贵了，还是等磁带出来再买吧。"

我看了眼定价，五十八元，是挺贵的。

趁童小语去一旁的沪剧专区给她妈妈挑选录音带时，我赶紧把那张 CD 买了下来。

等走出书城，璀璨灯火下，我取了出来，递给她。

"送给你！"

"还真是惊喜呢！"童小语先是愣了下，然后激动得原地直蹦，同时兴奋地发出"耶""哇塞""我好高兴"之类的感叹，引得路人纷纷驻足——她也不看自己多大的个。

"好了，好了，快别跳了，大家都看你呢。"我也真心喜悦，觉得自己终于做对了件事。

"我不管，S.E.S 是我的最爱，我想这张专辑都想了好几个月了。"童小语还一直蹦一直跳，"苏扬，你对我太好了。"

"这就叫好啊？那以后我会对你更加好的。"

"真的吗？"童小语终于停了下来，然后特温柔地说，"你可不要骗我啊。"

我想也没想，脱口而出："我不会骗你的，永远都不会。"

"那就好，我最讨厌别人骗我了。"童小语开心极了，"我还能再待会儿，我们去人民广场吧。"

9

圣诞夜的人民广场温馨、漂亮，人多却不拥挤，一块块错落有致的绿化带将广场划分出若干幽秘的空间，从外面看不出什么，里面却别有风景。

我们先是漫无目地走了会儿，然后童小语说："我累了。"

我赶紧找了个长椅，刚准备一屁股惬意地坐上去，被童小语拦住了。

"不好直接坐的，多脏啊！"说完她又从包里掏出两张纸，垫在长凳上。

"哎哟，舒服！"我惬意地跷起二郎腿，"我说你这包里都装的什么东西啊，跟机器猫似的。"

"就是一些要用到的东西啊，对了，你怎么不背包啊？"

"没这习惯。"

"下次我陪你去买个包吧，男生背包挺好看的。"

"行啊，你什么时候还能出来？"

"我也不知道。"提到这个童小语就伤感，"要是我现在不上学就好了。"

"你可千万不能这么想，人生是有阶段的，不能揠苗助长。"我赶紧转移话题，"Look，那两人在做什么呢？"

顺着我手指的方向，童小语看过去，迟疑地说："好像在接吻。"

"那不是重点，重点是那两人好像都是男的。"

　　"还真是。"童小语立即压低声音神秘兮兮地对我说，"我还是头一次看到男同性恋呢。"

　　我故意逗她："有句话我不知道该不该讲，其实……我也是同性恋。"

　　"真的假的啊？"童小语的反应大大出乎我的预料，直接站了起来。

　　四周的群众纷纷投来讶异的眼神，连那俩哥们也停止了接吻。

　　我赶紧拉住童小语："小声点，逗你玩的！"

　　"你吓死我了，讨厌。"童小语是真生气了。

　　"哎，你为什么害怕我是同性恋啊？"

　　"因为那样你就该不喜欢我了啊！"她脱口而出，身子转到了一边，背对着我。

　　我心里一暖，往她身边挪了挪，轻轻摇晃她的肩膀："好了，别生气了，以后我再也不和你开玩笑了。"

　　"我好冷！"童小语突然说。

　　我轻轻握住她的手，她的手指很长，也很柔软。

　　她没有拒绝。

　　我张开双臂，从背后搂住她的腰。童小语的身体急剧颤抖着，仿佛失去了力量，慢慢瘫进我的怀里。

　　我低头，紧紧贴住她的脸，情不自禁地说了句："我会一直在你身边为你取暖，好吗？"

童小语没有说话，就点点头，然后趴在我的胸前仿佛睡着了一样，而我也不敢动弹，生怕一个细微的举动就惊醒这拥有的一切，然后发现只是一场梦而已。

"你刚才说的是真的吗？"过了好久童小语突然问我。

"当然。"

"算是诺言吗？"

"算。"我没再多说什么，而是轻轻在她的嘴唇上吻了一下。

很多天后童小语回忆起那个吻的时候依然会脸红，童小语说当时她紧张死了，根本没有想到我居然会吻她。童小语还说当我嘴唇碰到她的唇的时候，她仿佛灵魂已经脱离躯体，从地面飘起来一样。

这是我们彼此的初吻，发生在美丽的平安夜，我实在无意为之过度抒情，却也无法否认那一瞬间我们之间的关系发生了根本改变，那就是我终于恋爱了。

10

圣诞过后很快就是元旦，2000 年的元旦因被喻为千禧年的开始而备受瞩目。

从圣诞那天起童小语便开始精心策划怎么才能和我一起过元旦，

她说无论如何都不能错过这一千年一次的机会。对此我倒没什么太大感觉，在我眼中，每一天其实都差不多。矫情一点说：只要能和童小语在一起，天天都是圣诞和元旦。

刚开始的情况并不容乐观，童小语在来信中狠狠将她妈妈批评了一顿，说她妈妈强势、偏执、不讲情面。她好话说尽，就差以死相逼，她那无情的妈妈都坚决不同意再让她外出。童小语一口气写了二十来个"怎么可以这样"以及"气死我了"来表达她的郁闷，还画了一只气势汹汹的卡通母老虎，说这就是她妈。

我看了哑然失笑，连郁闷的心情都没了，赶紧回信，安慰童小语不要那么在意，一个星期内连着出来两次确实挺不好，你妈这样做是关心你，她没错，等你再大点自由了我们补回来就是。

童小语回信：不行，补回来的不能算数，因为那个时候的我就不是现在的我了，我一定要出来，你等我好消息吧。

我看着信，咀嚼着童小语的这些话，觉得挺有意思的，这个女孩，身上似乎还有很多我未曾发现的品质。

11

果然在元旦前一天，事情发生转折，我正在上课，童小语突然呼我，而且不停地呼，可见她有多心急。我只好赶紧翘课回电，电话里童小语兴奋不已地宣布："苏扬，我明天晚上可以出去和你在一起啦，还可以玩到十二点，一起迎接新年呢！"

我忙问她怎么办到的。

童小语得意扬扬："我让我们班女同学联名去求我妈妈，说想一起过元旦，我妈妈架不住人多，也觉得这样不危险，就答应了呀。"

"你可真聪明。"

"那确实。"童小语得意扬扬，"苏扬，你是不是也很高兴呀？"

"必须的。"

"可我怎么听不出来呢？"

"难道也要我对全世界大声宣布吗，万一声音太大，被你妈妈听到了怎么办？"

"讨厌！"童小语乐了，突然想起来了什么，赶紧说，"对了，明天我同学真的会和我们一起玩的哦。"

"好啊，人多热闹。"

"那你明天要好好准备准备。"

"准备什么？哦，给她们带礼物是吧？"

"不是啦！现在还没这个必要。"童小语有点迟疑，却还是说了出来，"就是注意一下穿衣还有言行举止什么的。"

"为什么啊？难道我很土吗？"

"反正不洋气。"童小语的诚实和直率这时候变成了伤害，"我倒是可以忍受，可不想让她们瞧不起你。"

12

晚上我在宿舍看《了不起的盖茨比》，顾飞飞约会回来了，四仰八叉地躺在我床上对我说："明天晚上要出去吧？"

"嘿，童小语非得让我陪她一起过元旦，麻烦。"

"我知道，童小语都和菲儿说了，我和菲儿也会去。"

"哦！"

"老五，别说我没提醒你，你明天可得好好捯饬捯饬，买身新衣服，别总问别人借，还有说话的时候慢点，走路的时候站直点，看人别老斜眼。总之，千万别给童小语丢面。"

我急了："我说你们一个个都什么意思啊，我他妈有那么不堪入目吗？"

"老五你还别不高兴，我说这些绝对是为你好。你以为谈恋爱那么简单哪？就你俩高兴就行啦？"顾飞飞坐了起来正色对我说，"童小语可是他们班的班花，现在她同学都知道她和一外地人好上了，他们班男生个个都想打你，女生个个对你好奇，就想知道你是何方神圣，何德何能。明天就是你接受大家伙检阅的日子，你说童小语压力得有多大？你是不是应该好好准备准备？"

"×，我看你们就是有病，什么外地人本地人的，不就谈个恋爱，至于搞地域歧视吗？"我怒不可遏，"我还就偏不信这个邪，我就这么着过去，爱咋咋地。"

"不听老人言，吃亏在眼前，懒得搭理你。"顾飞飞说完打开电脑，玩游戏去了。

我书也没心情看了，躺在床上则越想越郁闷，并且决定不妥协。

我想童小语如果真喜欢我的灵魂，那么就不会在意我的外表。至于其他人怎么看，我压根儿不在乎，爱谁谁。

13

第二天晚上八点，我坐公交车来到书城，我和童小语约在那里见面。

童小语看到我的第一眼，眼神明显闪过一丝阴霾。

我有点挑衅地问："是不是很失望？"

童小语上前紧紧揽住我的胳膊："没事，快走吧，她们都到了。"

我们沿着福州路一直走到人民广场，在博物馆门口，终于见到了童小语口中的"她们"，人数还真不少，得有七八个女孩，个个打扮得花枝招展，一点学生的气息都没有，而且绝大多数都带着男朋友。不过顾飞飞和陈菲儿不在里面，估计还在哪里鬼混没过来。

童小语远远地对她的同学们挥手喊："我来啦！"然后冲了过去，和每个女孩拥抱，仿佛失散多年的姐妹，接着大家用上海话叽里呱啦说了很多。

我跟在后面，不知道是也要热情上前，还是停在原地，感觉自己和他们格格不入。

女生们招呼完后便开始介绍自己的男朋友。其中一个叫周雨浓的女孩男朋友最帅，个子得有一米八五，棱角分明，很像胡兵，周雨浓搂着"胡兵"感觉不要太神气，瞟着我问童小语："这就是你男朋友呀？"

"是的啊，他叫苏扬，是个作家。"

"你好！"我朝周雨浓打招呼。

周雨浓没回应我，而是"哦"了声，然后就没有再问什么，接着和其他几个小姑娘笑着闹着说别的了。

我有点尴尬，童小语轻轻拉我的衣角说："没事的。"

九点整，所有人都到齐了，顾飞飞的到来大大缓解了我的尴尬，无论如何我都有了个可以说话的人。

顾飞飞趁别人不注意的时候偷偷对我说："老五你可真有个性，我算服了你。"

"那必须的，男人必须说到做到。"

"你这叫把顽固当个性。"

我本还想和顾飞飞抬杠，童小语在前面叫我："苏扬你快过来啊，我们去外滩看烟花吧。"

顺着延安中路我们一直走到外滩，那里早已人山人海，对面的金茂大厦和东方明珠灯火璀璨，黄浦江水在灯光的照耀下熠熠生辉。外滩的一头竖立着一个巨大的钟表，那里将会敲响零点的钟声。此刻世界和平，人间祥瑞，盛世繁华，万物生长，新的千年即将到来，每个人脸上都洋溢着兴奋的色彩。

14

随着时间越来越接近零点，外滩的人越来越多，气氛也越来越热烈。女生们无法再聚在一起嬉笑打闹，而是纷纷化整为零，有男朋友的和男朋友窃窃私语，没男朋友的就两两陪伴，抱成一团。

我终于等到童小语回到我的面前，我问她刚才玩得高不高兴。她说还行，就是老担心我不开心。

我说："傻丫头，你尽兴就好，不要管我。"

她问："那你是不是不开心了？"

我强作欢颜："怎么会？我不要太高兴啊，哈哈，我简直太高兴了。"

她点头："那就好，我不多想了。"

十一点半，黄浦江上开始了大型烟火表演，璀璨的烟火在空中此起彼伏，一浪高过一浪，外滩上顿时发出阵阵欢呼。我紧紧搂着童小语，随着人们一起尖叫、鼓掌，那一瞬间，所有的烦忧全部抛在了脑后，心中只有无尽的快乐。

在烟火的映照下，我凝视童小语，她是那么年轻，那么漂亮，那么动人。她就在我的怀里，这一刻，我们心连着心，我们属于彼此。

烟火表演足足持续了半个小时。当最后一束灿烂的光芒熄灭在黑暗的空中时，人群的气氛也到达了顶点，每个人都整齐划一地喊起了倒计时："十——九——八——七——六——五——四——三——二——一。"

随着最后一声的停止，新千年的钟声无缝对接地响起，漫天烟火再次照亮天际。

恋人们纷纷接吻，以此作为对新千年的献礼，见证他们心中纯洁热烈的爱情。

我和童小语也不例外，我们深深地吻着，热烈地吻着，沉醉地吻着，痴情地吻着，所有的语言所有的感情所有的祝福所有的期待，全都浓缩在吻里。

停止的那一刻，一颗晶莹的泪珠从童小语的眼眶里滑落。

"苏扬，我们会结婚吗？"

"我愿意娶你。"

"我也愿意嫁给你。"

"可是你还小。"

"那你就等我长大。"

"万一你长大后就不喜欢我了呢？"

"那你就等我回来。"

"要是你永远都不回来了怎么办？"

"那你就永远等着我，反正我一定会嫁给你的。"

"好，我一定会等到你。"

15

童小语，时隔十一年，我终于想起千禧年的最后一晚我们说过的话，或许当时的诺言只是特定环境特定情绪下的产物，然而一语成谶，我最终还是失去了你，并且一别十一年。

幸好，相对漫长的一生，十一年并非不可等。而我也确实一直在等。只是你真的还会回来吗？

第四章

毕
业
前
后

离毕业剩下不过三个来月，落实工作的人寥寥无几，
一种悲伤甚至绝望的情绪在同学们中间滋长蔓延，
和当时中国的绝大多数年轻人一样，
我们都不太能看清未来的方向。

WHEN WE WERE YOUNG.

1

找工作其实比什么都流行跟风，元旦刚过，仿佛是谁一声令下，恋爱的、赌博的、看黄碟的、做生意的……形形色色的同学纷纷放下手中活计，开始绞尽脑汁地构思着自己的简历，那阵势蔚为壮观。

在写简历这件事上，我的这些浑蛋同学充分发挥了不知廉耻的特色，个个号称自己精通电脑操作，熟练掌握英语口语，可以和美国人讨论民主和人权。学过几天日语的就说自己精通多国语言，看过《文化苦旅》的就号称自己熟稔中国文化。此外个个都说自己品学兼优，是学校栋梁之材，在校时身居要职，为校园文化做出过巨大贡献。我们四十人不到的班上就出现了五个校学生会主席。这些虚构的领导人一个个摩拳擦掌，雄心勃勃，说要将有限的生命投入无限的社会主义建设中。

等忙好简历后就开始到处邮寄，一般人是上网去找职位，然后发送简历和求职信邮件。生猛一点的则买来报纸和杂志，然后找出招聘广告邮寄简历，最彪悍的人则拿出一千多页的《上海黄页》，把上面所有相关企业的地址电话都抄下来，然后挨个打电话。总之在找工作这件事上，什么"奇葩"的人和事都有。

而大伙对工作的期望也是千奇百怪，大多数人渴望成为白领，公司最好位于淮海路，工作后可以取个英文名字，如安迪或者露丝，从此人模狗样地坐地铁上班下班，彻底告别凉白开，改成喝咖啡。

当然在这个主流观点之下还是出现了几种不一样的声音，比如说一个东北同学只想成为一名车间钳工，或许在他眼里拿个榔头对着钢铁敲敲打打比什么都有意思，还有几个浑蛋依仗自己身强力壮，计划毕业后去日本做牛郎，趁年轻狠狠捞他一票……

2

我花了整整一个星期才做好简历。对这份简历我非常得意，除却一些真实的荣誉外，我还合情合理地杜撰了其他情节，和那些弱智且无耻的骗子相比，我的简历张弛有度，声情并茂，可信度极高，任何一个智商正常的 HR 看了后肯定都会竖起大拇指说我是他们急缺的人才，然后迫不及待地给我打电话让我赶紧入职——哈哈，我真的不是在 YY 吗？

虽然我内心深处依然无比渴望成为导演，或者作家，但我已经不再那么天真，我知道我得先找份正经工作养活自己，然后再一步步曲线救国。我在考证了各种岗位后决定先做一名销售员，原因是不知道哪一年看过一个研究结论：这世上百分之九十八的企业家都是从销售做起的，因此对于我这种人中龙凤，做销售绝对是明智的选择。

2000 年我对销售的理解基本上还停留在依靠一张嘴打天下的层面。我自信能写会编，嘴上功夫了得，因此做好一名销售员问题不大——事实证明我的观点是多么愚蠢，因为我的个性应该是天底下最不适合做销售的那种人——只因那时年少，才把未来想得太好，我们最不了解的人，其实正是我们自己。

3

元旦后童小语一直没机会出来，信也少了很多，对此我虽然有意见却没表达出来。一来是觉得她这么做一定有自己的苦衷。二来正好我也可以集中精力找工作。而最关键的原因是，我不想太主动，同时也认为无须主动，从开始到现在，我已经习惯了童小语的步步为营，并且觉得这样挺有面。

1月下旬的一天上午，我正在宿舍里埋头发简历，突然接到童小语的电话，电话那头的童小语声音听起来有点伤感。童小语告诉我她很想我，都快想疯了，感觉每天都度日如年，却没机会出来见我，甚至没机会给我打电话，简直生不如死。我随口安慰了她几句，并且说我也很想她，这才让她焦虑的情绪有所缓解。互诉衷肠后童小语突然话锋一转让我星期五下午去她学校找她，那天她要留下来出黑板报，可以到九点才回家，届时她将有重要事情告诉我。我问什么事情，她死活不肯说，还说等到星期五自然就知道了，我又问是好事还是坏事，童小语沉默了片刻，告诉我不是好事也不是坏事，我听了有点紧张，还想再问些什么，她却说她妈妈买菜回家了，然后赶紧挂了电话。

4

童小语的学校在虹口区大连路和四平路的交界处。好不容易熬到星期五下午，我早早来到他们学校，彼时正赶上放学，校门口聚着不少骑山地车的男孩，一个个表情冷峻、打扮前卫，染着 HOT 那种五颜六色的头发，背着大包，包上还贴满了各种明星照。很快，从校门里鱼贯而出很多穿着校服的女孩，这些女孩一出校门就把身上的校服脱掉塞进包里，然后往那些酷酷的男生山地车的前杠上一坐，那些男生屁股一撅，一个加速，潇洒地离去了。

我一直等到所有学生差不多都走光了才敢进去，童小语的学校不算大，我很快便找到了她的教室，教室里空荡荡的，从窗口看过去就见童小语一个人在教室后面出板报，她不时地在脚下的几个凳子上跳来跳去，姿态轻盈，长长的马尾辫在身后晃动着，和从窗户映射进来的夕阳相映成趣。

我没有打扰童小语，而是找了教室内的一个位置坐了下来。童小语回头看了我一眼，对我羞涩一笑，并没有说话，然后又继续出板报，一行行流畅的行楷从她漂亮的手腕下滑出，竟看得我如痴如醉。

就这样，又过了半个多小时，童小语都没有停止的意思，也没有和我说一句话，所以我几乎可以确定，她并不开心，而且肯定和我有关。

我不打算继续等下去，于是走到她身后，问："还要出到什么时候？"

"把这篇文章抄好就可以了。"

"我帮你吧——你说我做点什么呢？"

"帮我拿粉笔好了。"

"你那么认真干吗？出个黑板报也要这么劳心费神？"我一边给童

小语递各种颜色的粉笔一边说。

"当然要认真了，我可是我们班的宣传委员，黑板报是老师交给我负责的，我不可以辜负她的信任。"

我不再多言，而是专心致志和童小语一起出板报。

这样差不多又过了半个小时，童小语从凳子上一跃而下，然后把手放到我的面前一阵狂拍，激起无数粉尘。童小语说："好啦，今天就到这里，明天继续。"

童小语说完并没有看我躲避粉笔灰的狼狈样，而是径直走到自己座位上拎起书包，然后头也不回地对我说："我们到操场上走走吧。"

"你现在不开心？"在操场上沉默地走了两圈后我忍不住问她。

"对的。"童小语点头承认。

"跟我说说为什么吧。"

"那你可不要生气。"

"放心，我又不是小孩。"

"我同学都说你长得不好看，而且不会穿衣服，像乡下人一样。"童小语愁眉苦脸地说出她心中的痛苦，"我就怕她们瞧不起你，她们这样说你我很难受的。"

我自尊心作祟，立即心如刀绞却故作轻松地调侃："嘿，什么叫像乡下人？分明就是乡下人嘛！"

"我不喜欢你这种不严肃的样子。"童小语眼圈唰地红了，心中的怨言喷薄而出，"我明明提前打电话让你注意了，可你不但没注意，反而穿得还不如平时，我觉得你就是故意的。"

"没错，我就是故意的，因为我本来就是乡下人，我穿成什么样子在她们眼中都是乡下人，我凭什么要为了取悦她们而委屈自己啊？"我气急攻心，顾不上太多，一口气反驳，"再说了，她们爱瞧不起谁跟我半毛钱关系都没有，我告诉你我还瞧不起她们呢，一个个不学无术谈恋爱，穿得招蜂引蝶，成何体统？这也就是你们学校无组织无纪律，要搁我以前的学校，全得开除。"

童小语怔怔地看着我："你真的是这么想的？"

我头一昂："是啊，怎么了，我说错了吗？"

童小语突然快步往前走。

我赶紧追了上去，拉她胳膊，她用力甩开。

"你别走啊，咱有话说话，有理说理。"

"你说我们招蜂引蝶谈恋爱应该被开除，那我现在和你谈恋爱了是不是也应该被开除？"

我挡在童小语面前，不让她走："我不是这个意思，我说的是她们，和你没关系。"

童小语走不了，又委屈，干脆"呜呜"哭了起来："我本来就不高兴，憋了好多天了，你就不能安慰我几句？还一口气说这么多！你还说要对我好让我快乐呢，还说永远都会给我取暖呢，都是骗人的。"

"你……我……×！"我冷静了下来，也觉得自己刚才太冲动，说的话过了，可就是不想服软道歉。

就这样，童小语伤心欲绝地哭着，而我愣在一边无动于衷。我知道童小语很难受也很委屈，可是我也不得劲，我长得不帅是我的错吗？我是乡下人是我的错吗？我有个性不行吗？我究竟哪儿做得不对了？明明好多天没见，心中万千挂念，结果刚见面就吵架，还是因为别人的眼光，简直不可理喻。现在一个哭一个生气，再这样下去就更是愚蠢至极。

我可以接受自己有很多毛病，但绝对不允许自己愚蠢，所以我决定先走。

只要走了，就不尴尬了，至于如何收场，回头再说。

于是我一言不发，双手插兜，低头离开。

只是刚走没几步，童小语突然喊住了我："苏扬，你别走。"

我停下来，回头，发现童小语哭得更伤心了。

她一边哭一边冲向我，然后紧紧抱着我，把头埋进我的怀里，像个小孩保证一样地说："你不要生气了，我找你过来其实只是想告诉你，别人无论怎么说你我都不管了，我只知道，我爱你。"

5

"我爱你。"

这是童小语第一次说爱我，很久很久以前我有过一个梦想：有一天一个美丽的少女可以流着泪在我怀里说爱我，我一直觉得这只会是一个美丽的梦想罢了，梦想见不得阳光，只能在黑夜的时候拿出来细细打量。可是在那个美丽的冬日，在如血的残阳下，我一不小心居然实现了这个梦想，这真让人觉得不可思议。

后来我们躲在操场的司令台后面接吻，相比前两次，童小语的吻技大有长进，终于知道接吻并不是两人嘴唇合在一起就完事。那天童小语仿佛有无穷的能量想通过接吻予以宣泄，我的嘴巴都酸了童小语还是不依不饶，差不多半个小时过去了我才听童小语从喉咙里发出一声长长的叹息，然后无比沮丧地对我说："陈菲儿对我说如果吻到一定程度就会昏过去的，为什么我们还没有昏过去呢？"

童小语那认真可爱的样子让我啼笑皆非。我是高兴的，因为在这场爱情关系中我似乎已经占据了主导地位。我更是得意的，因为童小语似乎已经离不开我，而我并没有她那么强烈的感觉，也就是说，我是安全的，这种安全感让我很满意。

时隔多年，当我再次回望那天发生的事，却被深深的悔意侵袭。

我真想告诉那时的自己，你千万不要故作聪明伤害深爱你的人，因为这样做是那么愚蠢。我还想告诉所有正在恋爱的男生，在感情中永远不要争强好胜，更不能逞勇斗狠，请好好珍惜你们在一起的每分每秒，让所有回忆都被开心环绕，因为你们很可能会分开很久很久，再也回不了头。

6

期末考试在1月底准时举行，由于准备充分，作弊得当，各科都顺利通过。基本上这次考试是我们学生生涯的最后一次大考，下学期主要是写论文和做毕业设计，没什么课要上了。大四不考研，赛过活神仙，十几年的煎熬，总算就要立地成佛了。

考完试就放寒假了，我没有立即回家，过两天有个大型人才招聘会要在万体馆举办，我打算过去看看，另外就是想和童小语好好在一起玩几天。我告诉童小语会晚些回家，童小语立即问我是不是为了她才这样，我说，不是为了你难道是为了陈菲儿啊？童小语被我一反问，想想也是，于是立即不要太开心，忙说等她放假了一定会多抽点时间陪我，我问如果她妈妈不让她出来怎么办，结果童小语特牛×地说："只要我平时对她好一点就没有问题了，女人嘛，哄哄就搞定了。"

童小语说这句话的时候倍儿神气，我从来没有想过单纯的她也可以这样老气横秋地说话，结果当场我有点木住了，童小语问我怎么回事，我就模仿她用上海话说："侬甲棍，我四八侬（你厉害，我输给你了）。"

7

2000 年那会儿还流行通过人才市场找工作，而每年年底的大型人才招聘会更是所有大学毕业生的"必争之地"。为了发挥出状态，我们一个个养精蓄锐，各种演练，等到招聘会举办的那天纷纷西装革履、人模狗样地朝万体馆进军。

在公交车上我们一个个情绪激昂地聊天，先是控诉现在世道险恶，人心不古，加上经济形势又不好，以美国为首的资本主义国家还对我们各种封锁挑衅，因此前途堪忧。唱衰了一会儿后又开始吹牛，吹到最后个个觉得自己前途无量，一旁的市民看着我们仿佛看着几个神经病。等到人民广场换乘时突然下起了大雨，于是我们一窝蜂躲在几户人家门前避雨，结果没多久就被赶走了，等不顾一切冲进地铁已经成了落汤鸡，造型全被摧毁，堪称出师不利，心情又衰到了极点。

地铁上大多是去找工作的大学生，个个神情紧张地揣着简历，脸上和我们一样写满了迷惘，彼此间颇有同病相怜的感觉。等到了徐家汇站，求职人员越来越多了，我们开始下意识地往前挤，好不容易挤出地铁站，结果吓傻了，眼前黑压压全部是学生，个个正疯狂地向万体馆拥去。我和杨三儿、老马等几人面面相觑，顿时觉得此行定是凶多吉少，杨三儿当场提出要回去，理由是"去了也白去"，老马则坚持进去碰碰运气，我不置可否，怎么样都行。

那天后来的情况是这样的，我们先是花了五块钱买了门票排了一个多小时队终于挪进招聘现场，再然后就和老马他们彻底走散了，只得单独行动。现场招聘的大多是上海企业。上海企业比较奇怪，一是要求有工作经验，二是要有上海市户口，所以可供我们选择的并不多。我在人群之中奋力拼搏了三个多小时总共才投出了八份简历。到下午三点的时候已经心力交瘁，一跺脚决定先行回去。

我从万体馆的另一个门挤了出来，抬头就看到对面的体育场外围悬挂着谢霆锋演唱会的巨幅海报，海报上的谢霆锋英俊潇洒、豪气冲天，我想我们同样的年龄，怎么做人的差距就那么大呢？那个时候谢霆锋正和王菲热恋，我们都腹诽他们好不了几年，结果我们猜中了前头却没猜中结尾。谢和王确实很快就分开了，然后各自结婚生子，结果十几年后又前后离婚，再次走到了一起，让所有人都大跌眼镜，也不知道究竟是应该相信爱情还是不相信。

当然，那是很多年后的事了，回到那个阴雨绵绵的冬日，我到现在都还记得当时的心情是多么沮丧，疲惫不堪地穿插在密密麻麻的人群中，没有斗志，也看不到希望，感觉像被宣判了死刑，上海这个城市并不欢迎我们，或许我们最明智的选择就是毕业后各回各家，不做他想，可是回去了又能干什么？机会更少，竞争环境更不公平，虽说有父母养着，可总不能混吃等死当一辈子啃老族吧。

路过人民广场时我到迪美给童小语买了两个很好看的发卡，我想等见面时送给她，她一定会很高兴。一想到童小语那灿烂的笑容我悲伤的心情立即好了不少。等回到学校时已经六点多了，推开宿舍门一看，那帮浑蛋早就回来了，大家伙正横七竖八地躺在床上兴高采烈地谈论着白天的事情呢。老马比较猛，一共投出了十四份简历，杨三儿最衰，挤了半天就送出去三份，据说其中有两份人家看都没有看就直接给扔了。

我们长吁短叹直到半夜，依然觉得人生没有什么希望。没希望的人最需要酒精来刺激，于是半夜我们爬起来决定出去喝酒。学校外面有很多夜排档一直开到天明，我们点了几份炒菜，一个个抱着啤酒瓶狂饮，六个人喝掉四十几瓶，喝完后差不多都醉了，大家搀扶着边走边唱，一起站在路中间撒尿。杨三儿后来吐得不成人形，抱着我号啕大哭，说对不起我，我问他到底哪里对不起我，他又说不出来个所以然。再后来的事我也不记得了，彻底断片了。

第二天醒来后我头昏脑涨，手腕发痛，一看时间已经十点了，吓得赶紧起床。童小语今天最后一门考试，她很早就让我中午务必去学校接她，然后一起吃肯德基。

那天风特别大，我足足骑了一小时才到他们学校，路上还和人撞了一下，差点打起来。到她学校的时候我已经冻得不行，连忙躲进对面的证券交易所看别人炒股。大概十一点半的时候童小语终于出来了，她围着个大红围巾，戴着厚厚的手套，老远就冲我摆手微笑，然后使眼色示意我跟着她走，我心领神会紧紧跟着她，等走到一个空无一人的小巷子里的时候，童小语突然回头紧紧抱住我，无限温柔地说了两句话：

第一句话是："苏扬，我想死你了。"

第二句话是："我放假了，我们可以好好在一起啦！"

8

那一年的农历新年前，我和童小语差不多有十天的时间整天黏在一起。每天早上九点我准时到她家楼下，她父母会在八点左右上班，童小语则会在八点半起床梳妆打扮半个小时，然后花枝招展地出来。我们配合默契，最大限度利用了每一分可能在一起的时间，除了她楼下那个卖茶叶蛋的老太婆外没人知道我们的秘密。

童小语几乎每天都会变换自己的形象，时而清纯时而性感，而不管哪一种都是那么风情万种。每当童小语拉着我的手小鸟依人般地跟在我身后的时候总会有很多人驻足观望甚至指指点点，我从来没有如此受过关注，我想当然地认为他们是羡慕和嫉妒，这充分满足了我的虚荣心。

这十天的朝夕相处牢牢巩固了我和童小语还算稚嫩的感情，为我们的热恋提供了最大的温床。而我也完全发挥出了成熟、随和、知书达理等优秀品质，无论童小语对我提什么样的要求我都尽可能满足她，而且一点牢骚都没有，以至童小语会经常发出诸如"苏扬，你怎么会那么好的啦！""我简直太幸运了"之类的感慨。

而作为回报，童小语立志要全面改造我的形象，不但要对我的外表进行全面升级，还要洗涤我那粗俗的灵魂，在最短的时间内把我塑造成一个合格的上海男人。在童小语的"淫威"下，我不可思议地把原本用来买手机的一千多块钱在美罗城的专卖店里买了全套品牌新衣，我从试衣间出来时童小语高兴地拍着手说我帅多了，以后就得按照这个标准买衣服，然后迫不及待地将我的旧衣服通通扔掉。童小语还天天给我洗脑，告诫我哪些行为举止应该升级或更正。稍做总结，童小语对我的改造集中如下：

1.不要在公共场合大声说家乡话。

2.不要随手抠鼻子。

3.吃饭时动作要轻要慢，喝汤时不能大声，吃完饭后剔牙齿要用牙签而不是指甲，还得用手遮住。

4. 走路要昂首挺胸，切忌摇头晃脑。

5. 不要看到路上的漂亮小姑娘就两眼放光，更不可以流里流气地对人家挤眉弄眼吹口哨。

6. 学好普通话，注意平舌和翘舌、前鼻音和后鼻音的区别。

7. 学习上海话，最起码要听得懂。

8. 不要喝自来水，因为不卫生，也不要喝饮料，因为糖分太高。

9. 零钱不要乱塞乱放，背双肩包的时候一定要记得把拉链拉上。

10. 不准再吃大排档，杜绝一切吃地沟油的可能。

…………

童小语似乎把改造我当成了人生一大乐趣，对此我并不舒服，也不认同，因为我觉得这样刻意地活着太别扭，何况我也没那个经济实力。但为了我那炽热的、激情的、美好的爱，为了单纯的、天真的、美丽的童小语，对于她的这些过分要求，尽管我内心一万个不情不愿，也全部无条件地接受。

9

当然，那些天除了"改造"我外，我们更多的时间还是花费在玩上面。童小语几乎每天都不厌其烦地去逛"淑女屋""男生女生配""少女之心"之类骗女孩子钱财的地方。短短十天我至少给她买了二十个发卡、三十条围巾，还拍了 N 次大头贴。

说到这些大头贴我就生气，也不晓得是哪个浑蛋发明的，人往机器前面一站摆几个 pose，然后打印机一阵狂打就是二十块钱，前后花不了五分钟完事，这不是抢钱是什么？童小语可不这样认为，反而越拍越起劲，乐此不疲地像赶场子一样把上海有这种机器的地方都跑了个遍。童小语说要让全上海所有的大头贴机器里都留存我们的影像，这是她能想出的最浪漫的事。

而在和童小语恋爱的过程中，我时常能被她的一些行为感动。一次我们到共青森林公园玩，玩着玩着童小语突然从地上捡起一片落叶，她说如果能扔到树上就证明我们可以永远在一起。说完后她双手合十，双目紧闭，对天祷告了一会儿，然后奋力往树上扔去。结果当然不会扔上去了，童小语连忙说不算，要重新来过，结果重来了十余次，全部没有扔上去。最后童小语急了，她一边着急一边拉着我胳膊用力摇晃着说："苏扬，苏扬，怎么办啊？看来我们不能永远在一起了。"

还有一次从和平公园看完老虎回去的时候，童小语突然紧紧抱住我，然后把头深深埋进我的怀里，说："你以后在路上骑车的时候一定要当心啊，还有平时千万要注意，不要生病，因为你现在的身体已经不是你一个人的，为了我你要把自己照顾得好好的。"

童小语说这些话的时候很认真，她一定要求我答应她，一开始我还想和她开玩笑，可是我说不出口，我紧紧搂住她，我实在想不出这个时候除了将这个美丽善良的姑娘紧紧拥抱还能怎样去表达自己的感动。

有一次我把手套落在童小语包里，我手套上有地方线头脱落了，结果她当天晚上竟然到外面买来针线，然后像模像样地给我补手套，结果补了两个多小时还没有补好。童小语晚上睡觉的时候就把手套顶在脸上，因为觉得上面有我的味道，闻着我的味道睡觉会感觉很幸福。

10

就这样，我们的感情迅速得到了升华，来到了全新的境界。然而分别终要面对，当我爹娘警告说再见不到我就要考虑和我断绝关系时，我知道不得不回家了。分别那天我郑重地向童小语道别，童小语流着泪送了我无数小礼物，说这些都代表她对我的爱和不舍，这些小礼物包括她平时收集的发卡、头绳、粘纸照，还有她自制的护身符。我把这些东西通通塞进了行囊，随身带着，想念童小语的时候，就拿出来看看，聊以慰藉。

上海开往扬州的大巴车停在沪太路长途客运站，第一天早晨我六点赶到那里的时候，听说车子已经出发五个小时了。第二天我凌晨四点钟赶到那里，结果等到十点都没有见到车，一打听，车坏半道上了。第三天我干脆午夜十二点就赶到车站，结果车是见到了，不过争着上车的人不少于二百个。我看着那些背着大包小包如狼似虎的民工，长叹一口气，掉头而去。

对于我连续三天没走成，童小语不要太开心，她说这是因为她内心的呼唤被老天听到了。童小语还说希望我永远都回不去，最好能够在上海过年，这样我们就能一直玩到开学了。

对于她的言语，我是又好气又好笑。这家伙就知道在一起开心，完全不顾我这里归心似箭，真够孩子气的。接下来的几天我又尝试到其他汽车站看能不能回去，结果情况都一样，哪儿哪儿人都特多，哪儿哪儿都没有车票。正当我绝望之际，我松江的表哥突然给我打电话说他们那里做生意的人准备包车回家，他给我买了一张票。我听了大喜，连夜赶到松江，第二天终于坐上了回扬州的汽车，等到家的时候已经是小年夜了，锣鼓喧天，鞭炮齐鸣，真是一个团圆的好日子。

11

春节后我在家过了两个多星期衣来伸手、饭来张口的资产阶级生活，付出的代价就是体重足足增加了五公斤——你想想，十斤肉是什么概念？换成猪肉的话够全家人吃上半个月的了——总之回到上海的那天当童小语看到我的时候好半天都没敢上前相认。童小语惊魂未定地指着我的鼻子嘲笑我臃肿得像一头肥猪，童小语在说"肥猪"这两个字的时候皱着鼻子，然后用手拼命在我面前比画，比画了半天后又大声说："苏扬，肥猪，你知道吗？"

"知道啊！"我用无辜的小眼神看着童小语歇斯底里地在原地抓狂。

"就是你。"童小语瞪我，一脸的嫌弃。

"哦。"我麻木不仁地应了声。

"太过分了，怎么可以这样啊？！"

"我知道我错了，你让我先歇会儿好不好，我实在太累了。"说完我把行李扔到了地上，一屁股坐了下去。

"哎呀，不是不让你直接坐地上的吗？"童小语更加抓狂了，"怎么我教你的回了趟家就全忘了？气死我了。"

"等不及了，活人还能给尿憋死？"

"天哪，你连说话都变粗俗了。"童小语简直快哭了，"看来我又要从头开始管你了。"

12

这些对话发生在人民广场的博物馆门口，我回上海前一天给童小语打电话说第二天中午就可以到上海了，童小语听了后连续感慨了十来个"真的吗？"，然后强烈要求到人民广场接我，我当然不会拒绝，我还从来没体味过有人接的感觉呢，而且是自己又心爱、又年轻、又漂亮的女朋友，简直甘之如饴。

从扬州回上海很顺利，只用了四个多小时我便站在了人民广场上，童小语还没到，我边休息边等她。人民广场的大屏幕下热闹无比，这个城市几乎所有热衷见网友的青年男女都把这里当成见面的圣地。在这块圣地上我看到了四个正在等网友的丑女，我对天发誓那是我生平见过的最为丑陋的四个女孩，其丑陋程度绝对秒杀我们班上的那两个大宝贝，让人惊叹造物主的神奇。

很快童小语来了，带着我所有的思念和憧憬来了，我们在博物馆门口的台阶上互诉离别相思之苦，童小语说她几乎每天夜里都会梦到我，而睡觉前必定"偷偷摸摸看我给她写的信"，否则"肯定是睡不好觉的"。童小语在诉说时居然极具创意地运用了"如痴如醉"这个成语，童小语问我是不是也"如痴如醉"地想念她，我紧紧搂着她说："是的，我也如痴如醉想着你。"童小语听后心满意足地闭上了眼睛，贪婪地呼吸着我身上的味道。

人民广场游人如织，一切繁花似锦，欣欣向荣，或许没人会想到三年后这里将变得面目全非，大屏幕将从这个城市彻底消失，取而代之的是一些体态健硕的香樟。大屏幕的消失其实也是初期网络时代的一个终结，当那些依然充满激情的男女纷纷分散到淮海路、衡山路、茂名南路、季风书店、虹桥、古北等地方见面时，谁都知道再也回不到那个懵懂炽热的网恋岁月了。

13

新学期晃晃悠悠地迎面而至，空荡的学校很快又恢复到了往昔歌舞升平的繁华景象。毕业近在咫尺，工作依然毫无着落，我却心态平和，无欲无求，只想安静地度过人生最后的学生时光。

开学后童小语她妈因为觉得她表现良好故而对她放松了警惕，因此童小语基本上每个周末都能出来和我约会一次，除了逛街购物外，童小语开始来我们学校找我玩了，而这几乎让我成为众矢之的。

记得第一次她来的时候，我还在宿舍上网，老马突然气喘吁吁地冲了进来，大声宣布他刚才在楼下发现了一绝世大美女，让我们赶紧都下去看。我头也没抬地说没空，忙着呢，老马特生气地把我网线拔了，然后拽着我胳膊就往楼下跑，边跑边说走过路过不能错过，这种女孩我们学校前所未有，见一次少一次，保证让我大饱眼福。结果我刚到楼下童小语就尖叫一声直往我身上蹿，搂着我的脖子不停转圈，完全不顾及身边那帮饿狼匪夷所思的目光。老马竖着眉毛瞅了半天才反应过来大叫："原来她就是你那小女朋友啊，我×××，苏扬你祖祖辈辈做牛做马，祖坟冒青烟，福气全被你小子捞去了。"我懒得理他，给童小语一一介绍我同学，老马又冲上前伸出手对童小语说："美女你好，我是苏扬最好的兄弟，叫老马，你要是还有单身女同学，也给我介绍个吧。"

童小语客气地回应："好的啊，老马。"

我说："你别睬他，他有女朋友了，感情还特好。"

童小语立即鄙夷地"啊"了一声，真的再也不理老马了。

那天我拉着童小语在我们学校转了转，童小语很好奇我们学校竟然那么大，而且特别漂亮，并开始憧憬她未来的大学会是什么样子，一路上叽叽喳喳围着我说个不停，又蹦又跳，不要太兴奋。

据说，那天很多人看到我们后又开始相信爱情了。

14

童小语后来再来我学校就不在外面闲逛了，而是直奔我宿舍。老马他们很识相，童小语前脚刚进来他们后脚就消失，说给我们创造条件，不过童小语在我宿舍一般都是玩我电脑里的游戏，她对游戏很痴迷，也非常会玩，有的时候一玩就是一下午。为了照顾我的情绪，她会让我从背后抱住她，手放在她的胸部，她说这种感觉很舒服。童小语很瘦，胸却极为丰满，童小语将之归功于我，说自从和我好上后那两个地方就以"飞天"的速度开始膨胀。

在我的谆谆教导下童小语开始尝试接受肯德基之外的其他食品，比如我们学校门口的菜肉大馄饨和五块钱一碗放满咖喱的河南牛肉拉面。我们在一起的时候永远会拉着手，隔几分钟就说一次"我爱你"，童小语喜欢我对她说"我爱你"，她说每当我说一次，她都有一种自己是世界上最幸福女人的感觉，于是我说了很多的"我爱你"。

总之，从寒冷的2月到温暖的3月，我和童小语的感情稳中有升，越发坚固。3月底童小语开始改叫我老公，我将之视为我们恋爱的一个里程碑，从此每次见面时童小语都会温柔无限地对我说："老公啊，我想死你啦！"

15

据童小语自己交代，在遇见我之前她一共喜欢过四个男生。

第一个是她的宁波堂哥，那个时候童小语才十二岁，刚上小学六年级。十二岁对童小语是很重要的一年，因为那年她开始来月经了，标志着全新的少女时代的到来。正当童小语对自己生理变化寝食不安之际，她宁波堂哥来上海养病，住在她家，朝夕相处后童小语对堂哥心生爱恋，等堂哥养好病回宁波的时候童小语还偷偷大哭了好几场，然后像模像样地给这个堂哥写了好几封信。不过她很快就忘记这个堂哥了，因为上初中后童小语喜欢上了班上的一个戴眼镜的男生，那个男生长得白白净净的，学习特别好，童小语整整暗恋了他两年，却从来没有和那个男生主动说过一句话。初三时，童小语又喜欢上了她的体育老师，一个刚从体校毕业、孔武有力的小伙子，童小语说她无数次想告诉这个小伙子她喜欢他，可是怎么也说不出口。一次期末考八百米长跑，童小语跑着跑着就跌倒在地，于是她就看到体育老师向她走来，当时童小语突然感到很幸福，心想如果他来拉自己的话就向他表白，然后赖在他怀里不肯起来。可是那个体育老师并没有这样做，他只是远远地冲童小语很粗鲁地大叫："喂！那个同学，别假装摔倒，快起来继续跑，不然记你不及格，让你毕不了业。"童小语说她当时很委屈，也很失望，觉得自己喜欢错人了，然后含着泪跑完了余程。

高一下学期童小语开始了一段网恋，对象是一湖南人，两个人在网上成天卿卿我我、无比恩爱。用童小语的话说就是"我们都开始商量婚后要买宜家的家具了"。后来不晓得那哥们怎么就一反常态，对童小语突然异常冷漠，最后说出诸如"遥遥无期的网络让我对你的爱变得那样无能为力"之类沧桑无比的话后就消失不见了。童小语每天以泪洗面，痛苦不堪，也就是在那期间他看到了我写的爱情故事，觉得于她心有戚戚焉，于是开始关注我，崇拜我，直到最后爱上我。

童小语说她之所以主动把自己这么长的情史告诉我，原因无非两点：

1.她是一个对爱情很认真的人，所以我也要对爱情认真；

2.很多男生曾经伤害过她，所以我不可以再伤害她。

童小语最后对我总结陈词，说在遇到我之后她才发现原先那四段感情其实根本就不是感情，而是一种冲动，根本经不起推敲。童小语言之凿凿地说："老公你就是我的初恋，我也是你的初恋。我们要把我们的初恋进行到底，一直到老到死也不要改变，好不好？"

对此我并没有反驳，只是友情提醒她："你有没有发现，你每次都是因为喜欢上了另一个人，就会忘了之前的感情，而且有了新的感情后就会否定之前的感情？"

童小语先是一脸纳闷，然后仔细想了想，有点不好意思地对我说："好像还真是哦。"

然后不等我说什么，立即保证："老公，你肯定是我喜欢的最后一个人。"

16

4月初，年前发出去的简历终于有了回音。我是我们班第一个接到面试通知的，那天我从图书馆看完书后神志不清地回到宿舍就看见桌上有封信，下面印着某某保险公司的字样。

我瞟了一眼心跳立即飙至一百五，水也顾不上喝一口就颤抖着拆开信封。里面是张面试通知书，那家保险公司说经过严格筛选后认为我非常符合他们的用人理念，他们将为我提供极具发展前途的工作平台，让我可以获得职场生涯的完美起点。在一番天花乱坠的描述后让我立即到金茂大厦四十六层公司总部面试。

老马他们很快都凑了过来，说想看看传说中的面试 offer 长什么样子，等看完后也都兴奋不已，纷纷觉得连我这种人都能收到条件优渥的面试机会他们肯定也没问题，看来前景一片光明。就这样大家为这样一封面试信兴奋到深夜，直到熄灯时一向自卑情结爆棚的杨三儿才开始反思，他说，这么好的公司为什么会用我们这种什么都不会的毕业生？完全没道理啊！杨三儿的自卑思考很快获得了我们的认同，最后我们一致认为这只是一个骗局，事实证明我们的猜想完全正确，因为没过几天班上几乎所有人都收到了这家保险公司的面试通知。

17

我的第二份面试通知来自一家广告公司，他们招收销售业务员，这和我的志向不谋而合。我花了近两个小时倒了五辆车才找到了位于打浦桥的那家公司。公司是一套三室一厅的普通住宅，我到的时候已经有很多男女在外面守候。轮到我面试时，一个黄头发的中年女人用上海话滔滔不绝地和我讲话，讲到一半突然停下来，然后用普通话问我能不能听懂，我微笑着对她说当然可以，事实上，我几乎完全听不懂。于是这个女人继续用上海话对我说，根本就不给我任何发言的机会。

好不容易等她说完后我头痛欲裂，问："不好意思，你能告诉我薪资是多少吗？"

黄发女立即拉着脸用普通话回答："刚才不是说了吗？业务员基本工资一个月三百块，奖金要看业绩的。"

我的心立即凉了半截，不过碍于面子，我还是坚持又听她喷了半个多小时。我记得那天一共有四十多人应聘，后来只有三个人通过了面试，我居然被神奇地录取了，我心想他妈的就只说了一句话啊，这也能行？

在回去的车上我有种功成名就的感觉。只是打浦桥离我们学校实在太远了，晃晃悠悠间我头靠在椅背上就睡着了，还做了一个梦，梦里我神游太虚，出入幻境，非常辛苦。直到终点也没有醒过来，最后还是被司机给推醒的。

回到宿舍我把情况和哥几个说了下，大家的信心又被点燃，说我牛×开了个好头，然后集体让我请喝酒。

一星期后我兴冲冲地赶到那家广告公司报到，结果大门紧闭，我赶紧问隔壁邻居，一个大妈怒气冲冲地说："早倒闭啦，一天问八次，再扰民我就报警了。"

其他类似这种乱七八糟的应聘我还参加过几次，结果都不了了之。我的同学大体情况和我差不多。离毕业剩下不过三个来月，落实工作的人寥寥无几，一种悲伤甚至绝望的情绪在同学们中间滋长蔓延，和当时中国的绝大多数年轻人一样，我们都不太能看清未来的方向。

第五章

恋
爱
细
节

如果青春是一首诗，
那么童小语就是那最惊艳的一句话……
如果青春是一场忏悔，
那么童小语就是我无法原谅的证据……

WHEN WE WERE YOUNG.

1

　　还是说说和童小语恋爱时的一些细节吧，那是我惨淡日子里的光，温暖着、抚慰着我惶恐不安的灵魂。

　　和所有恋人一样，当度过最初的热恋期后，我们之间开始吵嘴，当然并不严重，甚至成了不错的调剂，让我们的感情呈现出了层次丰富的味道。

　　比如，童小语非常喜欢玩，对各种各样的新事物都感兴趣，哪里新开了家游乐场，她是一定要过去体验的，哪里新开了家商城，她也是一定要过去消费的，甚至哪里新开了家饭店，她都要赶过去尝尝。这对我而言完全不可理喻，我觉得这些都和我无关，没有道理在上面花费精力和金钱。我最喜欢的就是找个惬意的地方安静地看书，童小语对此也嗤之以鼻，说只有老人才会这么做。我劝童小语收收心，好好学习，天天向上，否则少壮不努力，老大徒伤悲。童小语也劝我积极面对生活，与其死读书，不如好好从多姿多彩的生活中汲取营养元素，否则迟早会被淘汰，而且活得也不精彩。

我们谁都没有错，谁也说不服谁，大多数情况下都是我妥协，硬着头皮去陪她"浪费生命"，偶尔童小语也会照顾我的爱好，陪我一起去图书馆看书，虽然进去不超过五分钟，她肯定会睡着。

童小语说在我的影响下，她简直越来越爱看书了。我惊愕地问："有吗？"童小语很认真地回答："当然有了，我和你好上后看的书比我前面十七年加起来都多呢。"

虽然对此我深表怀疑，但还是习惯性地鼓励了她几句。结果她反问："可是为什么你和我好上后，还是那么土呢？"

2

彼时我们已经不像开始那样小心翼翼，无论言谈还是举止，基本上都暴露出了本性和本心。我的品位一直深受童小语诟病，虽然我自认已经改善了很多，但她永远都不满足。童小语的心里其实对男朋友的形象气质始终有自己的一套标准和想象，要想达到她的要求基本上这辈子都无望。等想明白这点后我干脆不折腾了。对此童小语虽然极度不满，却也没有办法，她说我是"死猪不怕开水烫"，我却说"我就是我，是不一样的烟火，爱谁谁"。

而除了经常嘲笑我太土太 low 外，我还有一点也经常遭到童小语的无情"打击"，那就是她比我高，而且高不少。本来这也没什么毛病，最多只能说明她太高，并不能证明我矮是不是？可这个小浑蛋总是依仗自己人高马大对我"百般嘲笑"。比如说有时候我俩玩得正开心时，童小语会突然沉默不语，然后长时间凝视我做思考状，认真的样子让我都不敢打扰她，过了好半天就听到她幽幽地发出一声感慨："老公啊，你说为什么你就那么矮的啦？要不我给你买内增高鞋垫吧。"

"不要，不舒服。"

"可能让你变高啊！"

"没必要，我现在挺好。"

"当然有必要了，你高点我们就更般配啦！"童小语一脸认真地说，"内增高又没事的，别人看不见。"

"别人是看不见，可我他妈能看见。"我粗着脖子对童小语喊，"嫌我矮你边上待着去。"

那时的童小语早就习惯我的脾气了，她也不生气，而是哄我："好了啦，逗你玩呢，都这么大的人了，怎么还跟小孩一样？"

"反正以后不准拿我身高开玩笑了，听到没？"

她老实回答："知道了！"

结果没过两天，我们手拉着手在路上走得好好的，童小语突然对着路边的台阶一指："老公，要不你从上面走吧。"

"干吗？"我一脸无奈，"噢，你是不是想看看我的平衡能力？"

"不是啦，我是说你个子那么矮，从上面走能和我更搭一些。"

"你……"

"哈哈哈哈！"童小语看到我暴跳如雷的样子可开心了。

3

我曾经很认真地问过童小语："为什么那么喜欢嘲讽我？"

童小语的回答是："好玩啊。"

我又问："你难道不怕总伤害我的自尊心会造成什么不可逆转的局面吗？"

我特别强调了这个后果的严重性，想以此达到恐吓的目的，结果童小语不但不害怕反而振振有词："不怕呀，因为我是女生呀，而且是你的女朋友，你应该让着我的。"

"那万一我没忍住，不让着你呢？"

"那也没事，因为我会让着你的。"

童小语对自己的回答显然感到非常满意，也不管我是不是愿意接受就独自哼着小曲，扔下我一个人玩去了。

4

随着我们的感情越来越浓烈，童小语对我的"侵犯"也逐渐升级，甚至开始"擦枪走火"。

一开始吵嘴我还总和她辩论两句，久而久之就意识到和童小语讲道理绝对是这个世界上最没有意义的一件事，所以后来无论她怎么说我都懒得回应。有一次她围着我又叫又闹了半天见我都没有反应，于是脱口就说："真没劲，苏扬，你简直不是男人。"

结果我真生气了，一把抓住她的辫子狠狠地说："童小语，你说我什么都可以，就是不准说我不是男人。"

童小语看着我怒发冲冠的样子显然害怕了，嘴里嘀咕："真小气，说说都不可以啊。"

我看到童小语那副可怜样心也就软了下来，于是立即松开手。没想到此消彼长，童小语见我这样反而来劲了，不但嘴里抓紧讽刺，还举起手对着我胸膛"啪"地就是一下。

毫无疑问，这个动作是具有开创意义的，足可以写入我和童小语的恋爱史。因为她以前无非是嘴上说说，从来没真动过手，可是那次后似乎发现了打人的无穷乐趣，准确地表达应该是，发现了打我的无穷乐趣。从此说不到两句就拳脚相加，想打几下就打几下，想打哪里就打哪里，完全地"随心所欲"。而我不但不可以还手，甚至还要表现出满不在乎的样子，否则她反而会生气，然后又说我"小气，不像男人"。

后来她发现打我已经起不了什么作用了，于是改为用指甲掐，掐了一段日子后发现还不过瘾，最后干脆开始咬我。只要我有什么地方惹她不顺心，二话不说，上前就咬。她咬的地方也有讲究，一般是脖子，反正她的身高咬我脖子特合适，而如果我用手去护，那么她就改变攻击对象，因地制宜对准我的手就是一下。我疼痛难忍，"哇哇"大叫，看到我这个模样，她才心满意足，并狠狠地说："以后对我不好，就咬死你。"

导致在相当长的一段时间内，只要我看到她双眼发光，鼻翼扩张，我就晓得情况不妙，拔腿就跑，她在后面追，追两步没了力气，停步弯腰，等我上前，突然又朝我扑过来，并大叫："咬啦咬啦，咬死你这个小气鬼。"

再后来，无论她如何装腔作势，我都不会近身，因此她也改变了对策，总是温柔无限地对我说："老公，来嘛，我和你商量一件事情。"

我警惕："干吗？"

她哀求："你就让我咬一口吧？"

我摇头："没门。"

她发嗲："就一口，人家想咬啦，咬你真的好舒服的啦！"

看到她一脸痴情的样子我于心不忍，于是伸出胳膊，闭上眼睛，横下心说："咬吧，记得要快点，别磨蹭。"

等了半天还没有动静，于是偷偷睁开眼，发现童小语正冲我乐呢。

我瞪他："干吗还不咬？你不觉得这样很残忍吗？"

"老公，你很可爱的，特别特别可爱。"童小语笑嘻嘻地说。

"您才发现呀？得了，您甭管可不可爱了，您就快咬吧，快了之后神经反应不过来，就不痛了。"

童小语把我胳膊放到嘴边，轻轻咬了一下，然后一头钻进我怀里，温柔无限地说："老公啊，你对我真好，我满足了。"

5

童小语总爱说："知道吗？我咬你是因为喜欢你。"

我不服，说："不知道，有你这么喜欢的吗？"

"当然了，别人给我咬我都不要，我还嫌脏呢。"

"那你什么时候也让我咬吧，也让我喜欢你一下。"

我本以为童小语听了会暴打我一顿，却没想到她反而一脸兴奋，立即把胳膊放在我面前："老公，你真有创意，好好玩。"

我狐疑地看着她，心想这节奏我完全跟不上好不好。

她还催："你倒是快咬呀。"

"算了吧，跟你说着玩呢。"我断定其中必定有诈。

"我说真的呢。"

"很疼的。"

"没咬怎么知道？快呀。"她越来越兴奋，并把胳膊放到我嘴边。

我很快闻到了她肌肤散发出的淡淡幽香，情不自禁地将牙齿放在上面轻轻地咬了一下，然后看了眼童小语。

童小语说："不疼，再咬一口。"

我于是又轻轻咬了一口。童小语还是嫌不疼让再用力一点。我突然产生了一种强烈的咬人欲望，这欲望让我头脑发热，无法自拔，于是不顾一切重重地咬了一大口。

好爽啊——这下你该满足了吧？！

结果可想而知，童小语尖叫一声并立即放声大哭跑掉了。

这便是我和童小语恋爱史中重要的"咬人事件"。

"咬人事件"发生后好几个星期童小语还一直耿耿于怀，动不动就拉着脸悲凄凄地对我说："老公，你太残忍了，我胳膊到现在还疼呢。"

我低眉顺眼："是，都是我不好，我认错。"

她特委屈："认错有什么用啊？如果我把你杀了再向你认错，你愿意吗？"

"您就是把我杀了不认错我也愿意。"

"你说得好听，我胳膊上到现在还有乌青呢，过几天就是夏天了，你让我怎么见人啊？"

"不会吧，这都多少天了，还有乌青？"

"难道我会骗你吗？"童小语唰地把袖子一撩，"喏，你自己看，是不是有乌青？"

我抱着童小语洁白的胳膊研究了足足十分钟，我对天发誓不要说乌青了，就连根汗毛都没有，可是这个时候我不能太诚实，我只能夸张地感叹："哇，好大一块乌青啊！"

童小语更加委屈了："有你这样对自己女朋友的吗？一点不爱惜，还往死里咬。"童小语越说嗓门越大，路上行人已经频频回头，目露异色。

"别叫！"我紧张地环顾四周，压低声音说，"家丑不可外扬。"

童小语则完全没顾忌："我就是要叫，让你以后再咬我，让你以后再家暴！"

　　为了这块莫须有的"乌青"，我付出的最直接代价就是连续请童小语吃了不下十次肯德基，最后看在肯德基大爷的面上，乌青女童小语才不计前嫌地原谅了我，并与我和好如初。

6

　　天晓得童小语为什么那么喜欢吃肯德基，我曾经很认真地问过她这个问题，结果伊是这样回答我的：

　　"还有人喜欢白粉呢！"

　　"有你这样比喻的吗？"

　　"反正我就是喜欢吃。"

　　"我又没不让你吃。"

　　"你就是不让，不要以为我不知道，你每次都指桑骂槐，最坏了。"

　　"这成语用得可不准确啊。"

　　"你管我？我就要这样用，指桑骂槐、暗度陈仓、声东击西、李代桃僵，气死你。"

　　"真行，还挺溜。"

　　而每次吃肯德基时，童小语都要求我买和她不一样的汉堡，并事先说好各咬对方一口换个口味，可是每次她都要吃掉我至少一半的汉堡，等我提出要咬她的汉堡的时候，她总一脸不情愿地说："我还没吃饱呢。"

我说："就一口。"

童小语看着我，想了想，然后还是摇头。

"一小口，我就尝下味道。"

她还是摇头，并且紧握着汉堡，神态紧张。

看得我都于心不忍，觉得自己太可恶了，一老爷们和女孩子抢东西吃，犯得着吗？直到我说"吃吧，不和你抢了"，她这才如获大赦，对我开怀一笑，开开心心吃她的汉堡了。

7

以上这些恋爱片段时隔多年回忆，依然无比鲜活美好，而我们的感情也在小打小闹中很快来到了最高潮——4月底我和童小语终于偷尝禁果，迎来了彼此人生的第一次。

8

我和童小语是2001年4月4日下午四点四十四分第一次做爱的。

这个时刻如此意义重大，我将永远铭记于心。

说到做爱，其实在和童小语谈了差不多两个月的时候我就向她提出过这个要求，结果童小语在听我支支吾吾说完后立马花容失色，然后疯狂摇头，边摇头边自言自语："不可能，绝对不可能。"最后更是义正词严地警告我："这个你想也不要想。"

童小语号称不等到结婚那一天是绝对不会发生性关系的。我问她什么时候结婚，她说最少要二十六岁。我说："你现在才十八，还有小十年呢，你就那么肯定能忍住？"

结果童小语白了我一眼，然后没好气地说："反正现在不可能。"

在谈了两个月后童小语再面对我这个要求时口气有所软化，她先是柔声细语地安慰了我一下，说"我知道你们男人有这方面的需要"，这也是人之常情，所以并不怪我，但是也希望我能理解她，毕竟这种事情对她一个十八岁的小姑娘来说还显得非常可怕，童小语可怜兮兮地对我说："最起码也得等我大学毕业后才可以吧。"

而谈了三个月后这句话变成了："老公，最起码要等到我成年以后吧。"

彼时童小语说这话的时候不但完全不像以前那样紧张，反而神气活现的。这个臭丫头滔滔不绝地跟我分析她现在还不能和我做爱的 N 个理由，并且强调不是她不愿意，而是时机还不成熟，用童小语的话讲就是："我现在还是一个小姑娘呢，你就要我和你那个，忍心吗你？"

说实话，其实我很忍心，但是我不敢这样说，我怕她会觉得我和她谈恋爱就是贪图她的身体，因为事实并不是那样。当然了，为了对我有所补偿，童小语会主动吻我，或者把我的手放在她的胸上。童小语宽慰我："老公，你就忍忍，我很快就长大啦！"

结果谈了四个月后，童小语对我的要求变成了：除了做爱，其他干什么都可以。

而在"什么都可以"了之后，童小语已经完全不把做爱当成洪水猛兽了，虽然她还是不愿意和我做爱，但是会时不时主动和我探讨这个话题，童小语说这叫演习，这个可爱又可恨的小妖精有时候在大街上和我手拉着手走着走着就开始鬼笑，然后在我耳边挑逗地说："老公，你又想和我做爱了，是哦？"

9

我问过童小语，到底知不知道什么叫做爱？做爱究竟是怎么一回事？结果童小语特别不屑地看着我，她觉得这个问题真的很白痴，因为她初二时就什么都知道。童小语说她们女生在一起会经常讨论这个的，尺度还很大。再说了，陈菲儿早就和顾飞飞做爱了，陈菲儿每次都会把具体过程讲给她听的。

童小语说完后往往会用一种明察秋毫的眼神看着我，然后正气凛然地说："你就别白费心机了，不要以为我不知道你在想什么，旁敲侧击一点用都没有，我现在是绝对不会和你做的。"

10

我和童小语第一次做爱是在我宿舍。其实之前也没有什么特别计划，和之前一样，那天童小语来我学校找我玩，室友们也一如既往地回避，童小语玩游戏的时候我也照例从身后拥着她，轻轻爱抚她。和以前不一样的是，童小语很快就瘫倒在我的怀里，闭着眼睛似乎很享受。于是我将她抱上床，紧紧搂住她。我们先是拥吻了好一会儿，然后摸索着完成了整个过程，一切都是那么自然和顺利。

我清晰地记得由始至终童小语都呼吸急促，嘴唇冰冷，全身不停颤抖，那脆弱无助的样子让人怜爱万分。

11

童小语说她把一切都给了我，她的初恋，她的初吻，她的第一次，她十八岁青春年华里所有美丽的一切全部毫无保留地给了我。

如果青春是一首诗，那么童小语就是那最惊艳的一句话；如果青春是一首歌，那么童小语就是最动听的那个音符；如果青春是一场忏悔，那么童小语就是我无法原谅的证据；如果青春是一场告别，那么童小语就是我身后永远无法抵达的岛屿。

童小语，你是我的女神，是光，是电，是写不完的诗，是唱不尽的歌，是无法忏悔的忏悔，是永不告别的告别。

童小语，究竟我要如何，才能忘了你？

12

有了第一次，就会有第二次，有了第二次，就会有很多次。年轻的恋人们，大抵都如此。

整个 4 月，我们就像两只精力旺盛的小兽，利用一切的机会去融进彼此的身体和灵魂。

每次做爱后童小语都会无限感伤地对我说："老公，抱抱。"于是我紧紧抱住童小语，任凭她用她的细腰和长腿犹如蛇一样将我紧紧缠绕。多年后的今天，我可以将所有的海誓山盟悉数遗忘，却永远忘不了这样的姿态和力度，童小语的长发横过我的眼，她的鼻息将我胸膛慢慢温暖，而我咬着她的耳垂，然后告诉她我会爱她直到地老天荒。

也就是那一瞬，我突然对爱有了新的理解——在感动和激情之外，还有一种感情叫责任。

13

2001年4月对我着实意义非凡，除了经历了人生第一次外，在熬过了一系列惨绝人寰、罄竹难书的面试后，4月下旬我的工作总算尘埃落定——在一家大型制药公司做销售员，每月工资加上奖金差不多有一千五百元，另外公司还负责给我办理上海户口。

4月底，我和班上其他几个找到工作的同学联合起来请全班同学以及班主任、辅导员一起到附近的火锅城狠狠撮了一顿，结果那天我们每个人都喝了很多的酒，喝到最后更是所有人都抱头痛哭，场面极其震撼。

而那次只是一个开头，接下来我们不停地吃散伙饭，吃一次哭一次，我们都不知道自己的身体内藏有那么多的眼泪，就像我们不知道我们会有那么深厚的感情，当离别近在咫尺，当分手就在眼前，我们才意识到自己根本不像想象中那么坚强和冷漠，即将消失的一切又是那样不舍和难忘。

14

我第一时间将找到工作的事情告诉了童小语，特别强调了我很快就可以拥有上海市户口了。童小语知道后不要太高兴，当场修书一封给我，在信的最后认认真真用正楷写着："恭喜老公，贺喜老公，你终于成为阿拉上海人啦！"

公司要求我立即参加实习，对此我求之不得，向院领导提出申请后很快获得同意。为了照顾我们这些在外实习的同学，院里特别予以大赦，不要求我们和在校生一样完成规定的毕业设计，只要到时候交一篇两万字的实习论文，并且参加最后的答辩就行。

15

关于我的实习，我觉得很有必要先介绍下那家国企的一些情况。

那家公司是上海市一家著名化妆品集团兼并了郊县的一家药厂后成立的制药公司。或许是在化妆品行业取得了卓越成绩，新公司成立伊始就养成了"财大气粗"和"眼高手低"这两大恶习，一上来就把自己定位为国内一流高科技企业，号称要在三年内成为亚洲龙头制药机构，年销售额超过十亿美元。

新公司的管理人员大多来自集团，因此颇有点遗老遗少的作风，事无巨细都讲究排场，铺张浪费也成了每个人的工作指导思想。总监级别以上通通配备小车和司机，出差住宿必定是五星级酒店，交通工具能坐飞机尽量不坐火车，平时动不动就组织什么"新马泰十日游"，还美其名曰增加员工凝聚力，简直比当年的网络公司还能烧钱。而为了从形式上更加具备国际一流企业的气质，公司培养了数量繁多的管理层级，光副总经理就有八个，总监更是不计其数。此外，公司没什么拿得上台面的企业文化，怪里怪气的规矩却有一大堆，比如说从集团过来的管理人员瞧不起从社会上招聘过来的管理人员，招聘过来的管理人员又瞧不起原来老药厂的管理人员，因此大家脸上都摆满了鄙夷和仇恨，造就了大量钩心斗角、争权夺利事件的滋生，每个人都把心思放在铺张浪费和沽名钓誉之上，而无暇顾及公司经营发展。公司第一年就亏损了差不多三千万。等看到财务报表时集团大领导这才慌了神，赶紧进行人员重组，辞了一批人，然后又招了一批人，号称流血放脓，结果却是治标不治本，新来的一批领导更加视金钱如粪土，结果第二年又亏了五千万，并且在此后的几年一直保持着这个亏损速度，绝不打折。

16

当初负责招聘我进去的人事部经理是一位不再年轻却依然貌美的中年女子，第一次面试我的时候我巧舌如簧地和她聊了足足半个小时，将她吹捧得不知所措。我用真挚的眼神凝视着她，然后用白痴一样的口吻问她是不是只有二十七八岁，结果她"哈哈"大笑说自己快四十了，然后我瞪大眼睛惊呼着"怎么可能""实在太神奇了"之类的感叹句。或许是我炽热的赞美给了她足够的快感，她白皙的面庞上很快浮现两片红晕，而态度也从一开始的盛气凌人变成和蔼可亲，甚至最后有点冲我发嗲的意思。总之我顺利通过她的初试并且得到她向总经理室的大力推荐，她说我是新世纪不可多得的人才，把我招聘进来将会对公司未来几年的战略布局大有裨益。

我一直相信在随后的几轮面试中我得以顺利过关和此人大有关系。而等我正式签约后她又违反公司原先的规定给我分配了一套公寓当宿舍，还许诺第一年不考核我的销售指标等 N 个优惠条件，一度让我认为我到这个公司除却吃喝玩乐似乎什么都不用考虑。

只可惜好景不长，这位美丽善良的女人事经理很快因为和分管人事的副总之间的奸情被揭发而不得不离开了公司，从某种程度上而言她的离去也结束了我醉生梦死的生活。临走前她把我叫到她办公室说我以后有什么困难尽管去找她，她说这话的时候神态有点悲伤，但语气绝对真诚。人间有真情，人间有真爱，她这么好做什么不行？偏偏当小三，真是白瞎这个人了。

17

我的实习主管是个皮肤黝黑、身材五短的中年男人，背地里我管此人叫黑子。凭借着自己的肤色和身材，黑子总是很容易就给别人老实牢靠的第一印象，正好和他的灵魂截然相反。

和黑子交流绝对是一件让人崩溃的事情，当时我还听不太懂上海话，更何况黑子说的还是带有浓郁口音的南汇方言，而他的普通话说得比上海话更让我听不明白。基本上听他说话有一大半我都要靠猜，所以我们两个人说话的时候都要不停借助手势，远远看过去如同两个哑巴在交流。

可就这样连口带手交流了两个星期我居然获得了黑子的信任。有一天晚上他让我请他喝酒，酒过三巡后他得意扬扬地告诉我他曾经贪污过公司的钱，而且数目不小。我听后佯装吃惊，然后问他害不害怕，他说一点都不怕，因为公司主管级以上的人几乎都在贪污，要死也是大家一起死，谁他妈也别想活。

黑子这种亡命之徒的心态让我深深恐惧，我想会不会有那么一天我也如此教导我的晚辈，然后像他一样其实就是个臭傻×。另外，他还告诉我他其实无比痛恨我们部门的女经理，侮辱她是一个人尽可夫的臭婊子。对此我大为惊讶，因为平时看上去两人关系极好，好得让我怀疑他们是不是姘头关系。我说出了自己的疑惑，结果黑子哈哈大笑，然后说我很傻很天真。黑子一边剔着牙齿一边告诉我他和部门经理之间的斗争已趋白热化，当初如果不是那个女人暗中搞鬼，现在的部门经理肯定就是他，他虽然暂时败北，但绝对不会善罢甘休，现在他已经成功勾结上一位主管业务的总监，用不了两个月那位女经理就会被扫地出门，届时他将统领部门，并许诺让我当主管，吓得我受宠若惊，赶紧又加了一瓶酒两个菜。

而当我毕业后回到公司正式上班时发现被扫地出门的人其实是黑子。很傻很天真的人也是他，因为女经理的靠山是分管销售的副总，黑子不知好歹不死才怪。这是我第一次目睹人事斗争的残忍和复杂，原来我们听到的看到的都不是真实的，这样的职场让我感到深深的害怕。

黑子走后我没有和他联系过，多日后有一次在四平天桥上我看到他夹着个包朝我迎面走来，那表情依然胸怀大志，忧国忧民。我赶紧冲他打招呼，他却毫无反应，就那样匆匆地和我擦肩而过。

18

我们销售中心等级森严，在经理和副总之间还有一总监，据说是留洋博士，早年靠卖洋酒起家，人长得极为白净，说话基本上四分之一的普通话，四分之一的上海话，四分之一的英语，而剩下的那一部分到底是什么语言我到现在依然不得而知。为了表示对我的重视，公司特地安排他作为我的论文指导老师，对此我受宠若惊，一直等待总监的临幸教导，却没想到从头到尾和这哥们只谈过一次话，而且基本上都是废话。

那是6月初的一天，我正为论文感到痛不欲生之际，他突然打电话约我相见，电话里此君说他日理万机刚从欧洲飞回来，终于能腾出几个小时来关心一下我的论文情况。我立即放下手中一切赶到指定地点，结果等了他一个多小时，最后才看到那哥们夹杂在一堆民工中间骑着辆破电动车呼啸而至。

在附近的咖啡馆里，他唾液四溅地跟我讲述他在世界各地的见闻，颇为得意地告诉我这个地球除了南北极没去过，其他任何地方都留有他的足迹。作为我生平遇到的去过地方最多的人，我给予了他足够的奉承。而在谈话的最后我斗胆问他论文的事情，他才如梦方醒，然后从包里掏出了一本销售方面的书，说这是他的作品，我要的答案都在书里，自己回家翻去。

我们告别时有乞丐上前乞讨，我刚想掏钱，结果他却把乞丐痛骂了一顿，他让乞丐去找邓小平要钞票而不是找我们，最后他告诫我宁可把钱买包子喂狗也不要给乞丐，我问为什么，他又指着他那破书说答案就在里面，说完就又骑着那破电动车绝尘而去。

我看着他的背影深深感觉这哥们真是一怪人，不光是他，这家公司几乎所有人都是怪人。那天我在路边犹豫了很久，我真不知道还有没有必要回去上班，我担心用不了多久，我也会成为里面的一员，每天奇怪地活着，不知道自己究竟是谁，又到底要什么。

19

我的实习工作是终端产品促销员，就是通过拜访各大药店请营业员向顾客推荐我们的药品，顺便获取公司在各药店的库存。我负责的是整个黄浦区的药店，大大小小得有四十来家，公司规定每星期要拜访一轮，平均每天就是七八家，工作量之大，匪夷所思。

药店的营业员大多是正处于更年期的上海妇女，一个个心浮气躁，欲望强盛，这种女人如果心情好了，看到你会热情地把你当儿子对待，你不说话她也会滔滔不绝和你聊天聊上个把钟头，直到你快崩溃了才罢休，而如果心情不好了，你就算把她当成你的白雪公主去欣赏去讴歌去赞美都无法引起她的兴趣，她们会用白眼看你，用沉默面对你，让你感到羞耻感到绝望。虽然我一直自诩对中年妇女的心态比较有研究，但是那一段实习的日子还是让我痛不欲生，因为我要面对的差不多是几百个这样的上海女人，招架她们让我很快疲惫不堪，无论身体还是灵魂。

我的交通工具是一辆没有牌照的山地车，是我花五十块从火车站买来的，骑着这辆车我每天提心吊胆地在警察眼皮底下窜来窜去，频繁往返于各大药店之间，给那些老女人奉献甜蜜的笑容以及各类小礼品，然后从她们那里得到一些数据算作成功的拜访。在开头的两个星期内我还能保持一定的激情，而没有激情的时候也会用"天将降大任于斯人也"那几句鸡汤勉励自己，等过了两个星期后我实在心力交瘁，任凭自己如何安慰，麻痹，甚至自我欺骗都无济于事，每天睡觉前只要想到几个小时后又要骑车满黄浦区地乱跑就会头皮发麻，心跳加速，然后铁定失眠，就算幸运入睡也会做噩梦，梦里面我为了让药店的老女人推销我们的药品居然不惜出卖色相，真是可怕至极。

等做了一个月的样子我开始智慧起来，我发现其他的促销员并非都和我一样兢兢业业地在为公司卖命，由于我们公司的药品质量不好，价格还贵，所以基本上没什么销量，因此我们每个星期上报的数据也都八九不离十。发现这个真相后我欣喜若狂，第二天就向黑子讨来前两年的销售数据，然后做了一个曲线图。做好后的第二天我就到黄浦区图书馆办了张图书证，此后每天早上八点半开馆的时候准时进去看书，到下午五点左右出来准时"下班"。而每星期五的例会上我就按照这个曲线图来上报相关数据，居然从没引起领导的怀疑，或者说他们明明知道我在作假，但由于他们本身也在作假，所以大家都相安无事，只要在发言的时候慷慨激昂地喊几句口号，仿佛一切都很好一切充满希望就足够了。

20

因为实习太忙，童小语约了我几次我都没能出来，对此童小语怨声载道，我劝她想开一点，说我在奋斗呢，我就要前途无量了，短暂的分别算不了什么。

童小语听话地接受了我的安慰，结果等我能出来时，她反而不出来了。

她不出来不是因为忙，也不是因为她妈妈不让，而是因为突然迷上了一款叫《传奇》的网游，并且一发不可收拾，几乎所有的空余时间都沉迷其中。电话里童小语总是用夸张的音调对我说:"啊啊啊!
《传奇》实在太好玩啦,我一个星期只能玩一次,绝不能浪费,老公你
好好工作赚钱,先不要管我啦,我会想你、爱你的,拜拜!"

对此我颇为不满,多次抗议,结果每次都抗议无效。我要是再抱
怨,她还不高兴了,酸溜溜地说:"好啦,你要见我不就是想做那事
吗,多没劲啊!"

我很生气,觉得她并不尊重我,也不理解我,又觉得她太贪玩了,
简直玩物丧志,因此决定对她实施制裁——不再主动联系她,对她的
电话和来信也都爱搭不理——我以为这样她会难受,会不安,会迷途
知返,放下一切来哄我,向我求饶,讨我欢喜,可是完全没有,我在
这里受苦受累她不知道,我在这里生着闷气她也不知道,她玩游戏高
兴着呢。难受不安的人是我,而且越来越受不了,于是我很快偃旗息
鼓,没过几天不但主动联系她,并且因为和她好好通了一次电话就觉
得很开心很开心。

如果说恋爱是两个人的角力,也就是那段时间,我突然意识到,
我和童小语的关系已经发生对换,于她而言,对世界总是充满了无穷
无尽的好奇,也总是能够找到新的注意力,对我而言,她却慢慢成了
全世界。

21

6月底，我实习结束回到学校，正好赶上班里组织的最后一次集体旅行，去苏州、无锡和南京玩。我问童小语能否和我同游，我实在太久没和她约会了，我太想和她在一起了，要是她可以一起过去的话简直完美。结果电话里童小语听后语气惊愕地大声说："你疯啦，当然不可能了，要是被我妈知道了非打死我不可。"

我想想也是，我实在太天真了，天真得可笑，天真得愚昧，天真得不可饶恕。

旅游不过四五天，江南风景也确实漂亮，同学们兴致都很高，可我心中一直没着没落，对什么都提不起劲，感觉过了有一个世纪那么漫长，我的心中时时刻刻都在想念着童小语，每天晚上都会给她写长长的邮件，强作欢颜告诉她我的所见所闻。童小语却几乎从不回复，就连我呼她她也很少及时回电话，偶尔回一次也只会不耐烦地对我说她升级到了最关键的阶段，让我快别烦了。

22

在苏州，我给童小语买了把刺绣油布伞；在无锡，我给童小语买了对惠山泥人；在南京，我给童小语买了盒上品雨花石。我本以为童小语见到这些礼品后会很兴奋，这是她的一贯秉性，却没有想到她看到后立即皱起了眉头，然后很纳闷地问我："这些稀奇古怪的东西怎么拿回家呢？要是我妈妈问起来怎么回答？"

童小语让我替她保管，说我的心意她收到了，等她什么时候想要了再从我这里拿。

我答应了童小语。毕业后我搬了不下十次家，从上海的东部搬到西部，然后又搬回东部，从上海搬到苏州然后又搬回上海，生活完全可以用动荡不安来形容。一路之上我丢弃了很多东西，可送给童小语的这些礼物一直带在身边精心保存着，因为我总是记得那一句话：

"放心吧，我肯定会跟你要的。"

我真心希望那一天可以早日到来。

虽然我也知道，那一天永远都不会到来。

23

旅游归来后我呕心沥血了一个多星期，查阅了大量专业书籍和网上资料，通过抄袭、吹牛、杜撰等不良手段完成了一篇两万多字的实习论文，这篇论文言语严谨，论证雄辩，有张有弛，看上去很美。

7月中旬我满怀信心地参加了毕业答辩，让我郁闷的是轮到我的时候五个老师走了两个又睡着了两个，只剩下一个老头还清醒着。这个老头也比较奇怪，从头到尾看都不看我的论文，只是问我实习跑药店的感受，后来又和我研究了一下现在药品价格是不是有点不合情理，最后还和我探讨了会儿社会制度和国际关系，就这样海阔天空对侃了一个多小时后老头宣布答辩结束并给了我一个优良的成绩，分别时还对我微笑，和我握手，祝我工作快乐。

24

答辩后就没什么事了，周末我们拍毕业照，我让童小语无论如何都要出来，好见证这神圣时刻，童小语虽然勉为其难，但还是过来了。毕业照拍完后同学们又相互合影留念，时间比计划的长了不少。结束后我和童小语到附近的公园玩，她一路上都拉着个脸，无论我和她说什么她都不怎么理睬。最后我急了，问她到底怎么了，结果她没好气地说："你就不应该叫我过来，从头到尾你们有说有笑的，我就在一边站着像个傻瓜。"

"不是也让你和我们拍照了吗？老马他们都特别希望和你合影，你又不肯。"

"是你们拍毕业照好不好？我又不是你们的同学，我拍什么拍？"

"好了，你就别作了，别以为我不知道你心里想什么！"我冷笑，"你不就是怪我把你喊出来，没让你在家玩游戏吗？"

童小语急了："我没有，你冤枉我。"

"我会冤枉你？我冤枉谁都不会冤枉你。"我也急了，"我跟你说你玩游戏就快走火入魔了，我看以后你干脆和游戏谈恋爱算了。"

憋了好多天的郁闷瞬间发泄了出来，好爽。

童小语狠狠瞪了我一眼，没再反驳，然后头也不回地走了。

我喊了两声，她没停步。

我觉得自己并没有错，于是也转身离开。

25

记忆中，那应该是我们第一次真正的吵架。

因为是第一次，所以没经验，所以虽然我很后悔，但又碍于情面不愿意主动去找童小语和解，所以之后的几天我过得很痛苦很颓废。正好同学们开始陆续离校，于是我天天喝酒，顿顿买醉，喝醉后就会舒服不少，觉得人生就是告别和失去，无论友情还是爱情，都不可靠。

可是等醒过来后又是无尽的惆怅，一遍遍看着呼机，上面永远空空荡荡，一次次凝视着宿舍一角的电话，它却永远安静沉默。

童小语你在干什么？你也会难受吗？你是不是还在玩游戏？你会不会和游戏的玩家好上了？你到底是怎么想的？

我有很多疑问，但是没有任何回答，所以只能继续求醉。

老马他们都很奇怪，平时喝酒极其理性的我为何突然变得如此彪悍，对此我也不解释，因为解释了也没用。

顾飞飞倒是知道原因，但他并没有劝我，因为知道劝了也没用。很多时候我们并不需要别人的安慰，酒精就是最好的朋友。

一次酩酊大醉后，我做了很长很长的梦，梦到了童小语，梦到她离开了我，无论我怎么挽留，她都坚定要走。她说我们根本不是一个世界的人，她还说自己瞎了眼才会和我谈恋爱，是我欺骗了她天真无邪的感情，我应该遭到惩罚。她的话越来越难听，我不想听却怎么逃都逃不掉，最后生生把自己给急醒了。

醒来后我就看到了童小语，她正对着我又哭又笑。

我问："这是在哪里？今天星期几？我是生还是死？"

童小语说："笨蛋老公，今天星期天，你在医院呢。昨晚你喝酒喝得酒精中毒，昏迷不醒。你同学把你送医院抢救了，顾飞飞让陈菲儿通知我，我就立即过来了。"

我本想说些什么，童小语突然紧紧抱着我，哭泣着用检讨的口吻说她知道错了，和我吵架后的这几天她也很痛苦，反思了很多，最后得出一个结论，那就是：我比《传奇》更重要。

我哭笑不得。

童小语解释说她一直都很喜欢玩游戏，并不是最近才这样，让我不要那么小心眼了。以后她会注意，一定会优先考虑我的感受，不对我疏忽冷漠，让我放一万个心。

总之童小语深明大义，通情达理，说得我眼泪都快出来了。

童小语最后总结陈词："老公，你真的吓到我了，我还以为你会死呢，你要是死了，我也不想活了。"

童小语的这句话让我非常舒服，因为我可以确定她还深爱着我，就像我也深爱着她一样。

26

7月底，我拿到了一纸文凭，终于毕业了。

毕业了就得离校，我的行李不多也不少，加上电脑不过五大包，所有的专业书籍都被我当废纸卖掉了，一共卖了三十块。当大众物流的小面包车载着我和大学四年所有家当缓缓从学校那条长得出奇的主干道往外行驶的时候，我情绪稳定，目光游移，我睁一会儿眼

睛再闭一会儿眼睛，我看着那些熟悉得不能再熟悉的场景，并没有
考虑到这将是最后的告别，只是始终有一种浅浅的忧伤在内心蔓延，
无处可逃。

第六章

初
涉
职
场

阵阵海风迎面吹来，举目四望尽是荒凉……

这个时候我……总是会去想：

现在的我是不是离上海很远，

离童小语很远，离我的梦想很远很远。

WHEN WE WERE YOUNG.

1

8月初到公司正式报到后，公司给我安排了宿舍——一套三室一厅的公寓。按规定这本该是三名员工合住，可不知道怎么回事另外两名员工始终没到位，因此我得以一个人独占。此公寓位于北外滩，环境优美，交通便捷，趴在宽大的阳台上可以看到脏兮兮的黄浦江水在眼前暗暗流过，对面工地上正百废待兴，用不了几年，那将成为上海市的地产新贵。公寓里面装修豪华，设施齐全，有宽带和电话，水电还都不要钱。相比我那些在外面几人合租一室户的同学，我这里完全可以被称为天堂，而我为这个天堂所付出的代价只是每月缴纳一百元的物业管理费。

对此我的解释只能是运气好，童小语也认为我运气很好，不过她强调这全是她的功劳，童小语号称自从我认识她后就诸事顺利、万事大吉。从此她挂在口头上的一句话就是："老公啊，认识我可真是你的福气啊！"然后看我一副不置可否的神情还特理直气壮地反问一句："难道不是吗？"

我只得连忙回答："是，是，都是托您恩赐的造化，自打认识您以后我总算找到点做人的尊严了。"

童小语会趾高气扬地回答："哼！算你还有良心。"然后则会要挟我发毒誓永远爱她、永远听她话、永远对她好。

我当然全部接受，对此我甘之如饴，一万年不变。

2

童小语在参观了我的宿舍后突发奇想说要给我布置房间，做事认真从来都是她的优良品德，接下来的几天童小语像只勤劳的小老鼠样把她这几年精心收藏的一些奇形怪状的小玩意儿运了过来，从我的电脑到墙壁到壁橱上面都贴满了花里胡哨的卡通图片和S.E.S的大幅照片，当然还有不计其数的她自己的照片。接着她又把我拉到各大卖场浪费了若干钞票买回来很多华而不实的生活用品。就这样捣鼓了几天后我的宿舍彻底面目全非，最后大功告成之际童小语和我躺在柔软无比的床上看着花花绿绿的房间开心得不得了，童小语一个翻身就骑到了我身上，然后得意地对我感慨："老公啊，我简直是天才哦，你看，这个家被我打扮得多漂亮啊！"

对此我哭笑不得，因为天才童小语充分按照她的审美趣味把我的房间打扮成了一个主题儿童乐园，比较适合十岁以下的小孩生活。

童小语说要让我看到这个房间里的任何一件东西都能想起她，她或许有口无心，不过通过后来的实践检验，她确实达到了目的。

3

按照公司惯例，所有新员工均需到下属药厂实习一年方可以正式到自己岗位工作。因为我属于公司"紧缺人才"，所以只要求到药厂实习半年。那家药厂远在南汇，离市区足足五十公里，每星期一由大巴送过去，到星期五大巴再接回来，平时不许回市里，厂里统一安排住宿。

第一天去上班时我还挺期待的，结果大巴颠簸了一个多小时，从繁华的市区开到人迹罕至的郊区，然后又开过一片郁郁葱葱的田野还没到，最后居然看到了波涛汹涌的大海，当时我第一个反应就是："×，谁说上海没有海的？这他妈不是大海是什么？"

下面说说我在药厂实习的内容：

第一天，我被领着去见药厂各个领导，这家药厂的部门比公司还要繁多，仿佛人人都是领导，那天和我谈话的人包括厂长、厂长助理、分管各项目的副厂长、各部门经理、各车间主任、各车间主管、各车间工艺员和质量员。这些浑蛋足足浪费了我一整天的时间，他们个个夸夸其谈跟我畅谈药厂未来二十年的宏伟发展计划，结果一天下来我头晕目眩几欲崩溃却不知道我的实习工作到底是什么。

第二天，之前和我谈话的领导们开了个会研究后决定让我到固体车间实习，然后那个像女人的厂长助理屁颠屁颠地告诉我固体车间是整个药厂的灵魂，只要掌握了这个车间的技术我今后就可以在制药行业横行无忌，无限风光。我听后很开心，可当我兴致勃勃地到固体车间报到的时候，昨天还对我热情无比的车间主任仿佛根本不认识我一样挥挥手让我跟着两个搬运工去拉东西。

4

这两个搬运工也很搞笑，一个是行将就木的老头，一个是三十几岁的中年人，那个老头仿佛永远精力过剩，脚下安了弹簧一样走路一蹦一蹦的，成天像只老鼠在厂里窜来窜去，遇到别人一言不合就要打架。而那个中年人却整天唉声叹气，一副萎靡不振的腔调。

而车间里的男工人们大多对我怀有敌意。我知道主要原因是我的工资要比他们高出不少，一个脸上有颗硕大无比黑痣的家伙就曾在我面前愤然抱怨过："我工作三十年了，快退休了，到现在工资才一千块不到，你来了才几天就拿一千多，你说这能让人想通吗？"

他们当然想不通，而我也懒得和这些白痴解释什么。幸好我在车间绝对不会孤独，因为这个车间里有不下百名女工，虽然年龄最小的也在四十岁以上，但四十岁的女人也是女人，四十岁的女人也有风情，这些老女人对我的到来表现出了极大的欢愉，只要手头上空下来就立即围在我身边对我媚笑，然后让我给她们讲故事。我平生第一次受到那么多女人的集体欢迎，感觉很不错。

这家药厂位于上海最东南一个叫"朝阳"的农场内，濒临大海，人迹罕至，犹如世外荒原。有时候我会爬上固体车间三层楼的楼顶，以一个傻瓜的姿势看着不远处波涛汹涌的海面和晃晃悠悠的航船，阵阵海风迎面吹来，举目四望尽是荒凉，万事万物宁静无比。这个时候我往往会产生一种很悲伤的感觉，总是会去想：现在的我是不是离上海很远，离童小语很远，离我的梦想很远很远。

5

在工厂的日子苦不堪言，直到周末才算回到人间。童小语谎称星期六要到学校补课，所以能出来和我相聚一整天。对两个精力旺盛拥有独立房间并且小别胜新婚的年轻人而言，每星期一聚的生活是那么丰富和美好。

那天内容大体如下：早上八点左右我还在床上惬意地睡眠之际，童小语便会带上一瓶牛奶和鸡蛋煎饼来到我的宿舍，在粗暴无比地把我吵醒后，童小语会严厉监督我洗脸刷牙并且吃完她为我准备的营养早餐。九点多我们会手拉着手到附近的菜场买菜，回到家后把东西往厨房一扔然后开始做爱。十一点左右我负责做饭，她就在我电脑上打游戏。等吃完午饭后我会和童小语出去玩，地点大多集中在人民广场、四川北路、徐家汇、正大广场这几处地方，下午五点多我送童小语回家，充实而愉悦的一天圆满结束。

6

8 月下旬，我们的快乐得到了升级——童小语的资产阶级双亲决定去欧洲游玩。童小语她妈让她一起过去，结果遭到了童小语的坚决反对，童小语昧着良心说她要利用暑假好好学习，再说，那些地方都去过了再去也没什么意思。她还说想体验下独立生活是什么感觉，让爹娘放一万个心，她绝对会把自己喂得饱饱的，照顾得好好的。本来这个理由相当荒诞，可她父母竟然同意了，估计也一直渴望过二人世界吧。总之双方很快在机场告别，互洒眼泪，恋恋不舍。结果飞机刚起飞童小语就给我打电话，然后兴奋地宣布从现在开始可以和我在一起整整一个星期啦！童小语问我开不开心，我说开心啊，童小语问我有多开心，我说开心得快要死掉了。童小语说可是你要上班怎么办，我说去他妈的上班，我这就请假，就说被车撞了。童小语说"呸呸呸"不吉利，快换个理由，我又想了几个理由，童小语都说不好，最后我心一横说："我他妈什么理由都不找，我就旷工，爱谁谁。"

7

当天下午童小语就拎着睡衣和生活用品住了进来，我们像真正的小夫妻一样开始了同居生活，吃完晚饭后一起刷碗洗锅，然后手拉手出去遛弯，路上尽是摇着蒲扇乘凉的老人，我们冲彼此微笑，问对方吃过了没有，我们看着前方一起畅聊这个城市未来的模样，我们关心人类的命运也关心菜价，我们欢声笑语心情舒畅。等回到家已经九点多了，我们一起抢马桶，然后又抢着洗澡，最后躺在床上看电视又抢着调台，我要看英超童小语要看《相约星期六》，最后还是通过石头剪刀布一决高下，结果我赢了，但还得听她的。

睡觉前我们做了一次酣畅淋漓的爱，虚脱后紧紧拥抱，一起入眠。

童小语睡觉时很不老实，翻来覆去，最后差不多横在床上，而我被挤到床角几乎要跌落下去，我看着她无奈地笑了笑，想推她却怎么都推不动，力气用大了她迷迷糊糊地还要打我，特别可爱。而等睡到半夜时童小语突然"嘭"的一声坐了起来，动作之快令人咋舌，我吓得赶紧问她是不是做噩梦了，结果童小语还没醒闭着眼睛用上海话唠叨了一句："老公，有毒蚊子咬我。"说完之后又"嘭"的一声躺了下去，什么事也没有似的继续睡觉了。

第二天醒来时我见到的第一个场景就是，童小语蓬头散发紧闭双眼皱着眉毛噘着小嘴正发出轻轻的鼾声，她睡得可香了，身上散发着淡雅的清香，清晨的阳光从窗帘透过来浅浅打在她裸露的肌肤上，我看到她头颈处的肌肤光洁无比，她的后背白皙动人，一切都显得那样温情，那一幕真的让我很感动。

就当我含情脉脉注视童小语的时候她突然醒了过来，然后着急忙慌地从床上蹦起来匆匆往卫生间冲去，一边冲还一边嚷着让我不要再跟她抢厕所。童小语曾对我说过女人早起的时候最难看了，可童小语此刻一点都不避讳自己的难看，对此我的心中感到无比甜蜜，那一刻我突然觉得人生的幸福竟是那样唾手可得。

我愿意为这样的幸福付出所有，哪怕生命。

8

正所谓：祸兮福所倚。就在我们"同居"的最后一天，感情升华到顶点的时候，出事了，还是大事。

那天我照例在厨房幸福地做饭，童小语也照例在卧室玩我电脑上的游戏。不巧的是，那天的网怎么也上不去，电脑里的单机游戏她又玩腻了，于是就在我电脑里乱翻乱看，还美其名曰帮我整理文件。当我发现时心立即就悬了起来，因为我电脑里有一些"危险文档"，就是以前我网恋时的聊天记录，我把这些文档压缩后改了名藏在一个很隐蔽的角落，然后又把解压缩软件卸载掉了，虽然自认万无一失，可还是担心童小语会发现，因为童小语的电脑操作技能绝不在我之下，而且她天性好奇，一旦对什么感兴趣，不弄个水落石出是绝不会善罢甘休的。于是我故意把锅碗瓢盆摔得"砰砰"响，一会儿叫她拿这个一会儿叫她做那个，最后更是斥责她少玩会儿电脑，有时间看看书。结果童小语一边疯狂点击鼠标一边阴阳怪气地说："你不让我动你电脑是不是里面有什么见不得人的东西啊？"

童小语这家伙就是这样奇怪，有时候心无城府天真无邪，让你掏心掏肺把什么告诉她都放心，可有的时候又让人觉得特狡黠，一对眼珠转来转去地看着你，仿佛什么都已心知肚明。

而有句话说得好：怕什么来什么。那天就在我心神不宁好不容易做好饭菜之际，童小语突然拎起包，冷冷地说她不想吃了。然后不管不顾地开门就走。

我心想坏了，赶紧追了出去。

9

一路上，童小语神情凝重，沉默不语，我问她话一律不答，我拉她她就用力甩开，和上午的甜蜜温柔天差地别。不过她也没有上车，就是一直往前走。我不敢多问什么，只能紧紧跟着她，越走心越慌。

童小语足足走了一个小时，直到走到山东路和北京路的天桥上才停了下来，然后眼神空洞地看着前方。

我赶紧问："你到底怎么了？说话啊！"

童小语依然不看我，幽幽地说："你说过你不会欺骗我的。"

我提高音调问她，这样显得更有底气："我到底什么时候骗你了？"

"你说你从没有谈过恋爱。"

"是啊。"

童小语突然转头冲我大叫："你骗人，你明明就网恋过，还网恋过好几次！"

"嘿！我以为什么事呢。"我故作轻松，"那不闹着玩嘛，又不是真的。"

"那什么才是真的？"童小语情绪激昂，"你说你爱我那就一定是真的吗？你说你要永远对我好就一定是真的吗？"

"你冷静点。"我努力辩解，"网恋能叫恋爱吗？你根本就不应该在意这些。"

"我怎么可能不在意？"童小语眼圈唰地就红了，"网上的就不是真的啦？我们当初不也是在网上认识的吗？你是不是觉得我也不是真的呢？"

"我不是这个意思。"

她咄咄逼人："那你什么意思？"

"我的意思是……嘿，你不也网恋过吗？多大的事啊？没必要小题大做是不是？"

"是啊，我是网恋过，可我都告诉你了啊！而你什么都没告诉我，你还说在我之前从来就没喜欢过别人，从来就没对其他女人好过。你这不是欺骗是什么？"童小语怔怔看着我，一字字地说，"你到现在都不知道我为什么生气，我在乎的不是你有没有网恋过，而是你为什么要骗我，你真的就不明白吗？"

我没有再说话，因为我突然不知道该如何辩解，我见不得童小语伤心，也确实觉得理亏。

童小语并没有想当然地对我继续怒叱，很快她就用一种很女人的方式来面对我给她造成的伤害——开始哭泣，她急剧抖动着双肩，然后无限悲伤地反复对我说："苏扬，你知道的，我最讨厌别人骗我了。"

童小语哭诉的威力显然要比怒骂来得更加强大，让我心疼不已。

"好了，我错了……我真的不是故意的，我没想到会这样。"

"是啊，没想到我会发现。"童小语冷笑，"隐藏在那么难找的地方，还把文件名全改了，连解压缩软件都卸载了，你还说不是故意的。"

"对不起，对不起……"

"如果不是我无意翻到，我肯定会被你一直这样骗下去。"

"对不起，对不起……"

"你怎么会是这种人啊？原来我根本不了解你。"

"对不起，对不起……"

我无言以对，试图拥抱她，以此表达我的愧意。她却身体僵硬，冷冷地对我说："不要碰我。"

10

福无双至，祸不单行。星期一我刚回到工厂上班就被主管领导叫到办公室劈头盖脸骂了一顿，说我目无厂纪，无故旷工，作风非常恶劣，若非因为总部下派来的，开除一万次都不够，最后给了个严重警告处分，并且全厂公开批评，就差游街示众了。

就这样，爱情和事业，双双失意，生活瞬间跌入最低谷。

事业我其实并没有那么在乎，大不了不干了重新再找，可爱情我做不到无动于衷，特别是一想到我"欺骗"了童小语，内心就充满愧疚，一想起童小语那满脸的泪水，就恨不得立即出现在她面前，将她紧紧拥抱。白天上班时我无精打采，心不在焉，得空就立即呼她，可她从来都不回。我想给她家打电话又怕被她妈妈接到，一次实在控制不住鼓足勇气打了过去，话筒里果然传来一声低沉的"喂，哪位"，吓得我赶紧挂断。

我满腔激烈的情绪无处表达，只能化为一封封长长的邮件。邮件里我情真意切地回忆了我们相遇相处的点点滴滴，还有我发自肺腑的后悔。邮件写好后却无法及时发送，因为工厂没有网络，需要存储到软盘里，然后坐小巴到朝阳农场唯一的网吧，发完后我会立即心神不宁地不停刷新信箱，却总也收不到她的回信。

就这样，童小语再次消失在我的世界里，而且这次更决绝，更彻底，更让我痛彻心扉。

那个星期的每一天我都度日如年，每一天都难受得想死掉。

好不容易才熬到星期五下午，我终于盼来了回市区的大巴。我决定回去后立即去找童小语当面道歉，无论如何我们的关系不能就这样终止。我甚至想过给她跪下磕头忏悔，是的，什么狗屁面子、尊严，我全都不要了，只要她能原谅我。

从没想过在爱情中我竟然会变得如此无力如此卑微，这和我当初对爱情的想象一点都不一样，可是我已经无能为力，如果爱情是一种病，那我已经病入膏肓。

11

回市区的路上我昏昏沉沉睡了过去，BP机突然响了起来，一看竟然是童小语，我瞬间灵魂出窍，以为是幻觉呢，揉了半天眼睛确定真的是童小语在呼我，立即从座位上蹦了起来找同事借手机回了过去，因为太激动，连续几次都拨错了号。

电话接通传来童小语声音的那一瞬我快哭了，我问她这几天过得好不好，我说我错了，真的知道错了，请你原谅我，再给我一次机会，我保证再也不骗你，再也不伤害你，我还说我真的好难受，我发现我根本不能失去你，否则我会发疯，会痛苦，会不知所措生不如死。我一口气说了好多好多，就怕不说就再也没机会了。

电话那头始终沉默，过了好久才传来童小语长长叹了口气说知道了。童小语的声音很低沉，间或还哽咽几声。我小心翼翼地问她是不是在哭，童小语又叹了口气说她真的很难受，这几天她心里一片黑暗，仿佛世界末日，她人生前十八年从来没这么痛苦过。不过痛定思痛她也反思了很多，觉得我虽然欺骗了她，但也不能完全怪我，何况那些网恋也确实发生在认识她之前，要说错她也有，那就是把爱情想得太完美，自作孽，不可活。

童小语的这些话让我更加心碎，我大声发誓从此以后绝不会再让她伤心，否则天诛地灭，万劫不复。我怕她听不清楚，所以声音很大，全车的人都惊愕不已地看着我，可我完全不在意，没什么比获得童小语的谅解更重要。

"嗯。"又是一段难熬的沉默后，我分明听到话筒里传来童小语肯定的回答。

我欣喜若狂，仿佛人生又获得了希望。我不停地大声说谢谢，同时告诉她这几天我想她快想疯了，此刻我正在回市区的路上，明天一早我就去找她，我会再当面道歉，请她吃肯德基，想吃多少就吃多少。

"不要，明天我出不来的。"

"后天呢？"

"后天我也出不来。"

"那大后天呢？"

"苏扬，你听我讲。"童小语打断了我，缓了缓情绪，一字字地认真说着，"我觉得我不能再把所有精力都放在感情上了。"

"嗯。"

"前两天我的心情特别糟糕，我想转移一下注意力，就报了楼下美容院的化妆班，开学前我都出不来了。"

"哦。"

"我找你就是想告诉你这个的，我们现在都需要冷静一下，这段时间你也好好工作，不要再找我了，等我学好了会主动联系你的，好吗？"

12

"好吗？"

"好的。"

虽然童小语用了征询的口气，但我知道她已经做好决定了。而对于决定了的事，她就一定会全心投入地去做。我懂童小语，所以尽管我心中一千万个不乐意，还是咬着牙说："好的，我等你。"

挂了电话，眼前一片黑暗，没有童小语的日子，我该怎么活？

我不知道。

事实上，接下来的一个月比我担心害怕的更加煎熬，用"痛不欲生"形容完全不为过，寡淡至极，了无生趣。

那一个月，我给她写了很多很多邮件，但是一封都没有发过去。我想积攒到见面的那天一起给她看，让她明白我有多么爱她。

那一个月，我从固体车间调岗到了仓库，每天负责看守数千平方米内存放的原料、辅料、包材，仓库大多时候空无一人，我从早到晚也说不上几句话，又不能四处走动，形同坐牢。

那一个月，我一次都没有回市区，见不到童小语的日子，这个繁华的城市变得一片黑白，我找不到回去的意义。

那一个月，我听了很多悲伤的歌，看了很多悲伤的电影，前所未有地明白了悲伤的意义。

那一个月，我无数次从噩梦中惊醒，我怕时间就此凝滞，童小语就此消失。

那一个月，我的心情每天都在沮丧、痛苦、愤怒、委屈中轮回。

那一个月，我仿佛突然成熟了很多，却又变得前所未有地脆弱，我发现我其实根本不了解自己，我对生活一无所知，像个弱智。

13

还好时间再难熬，也终会过去，谢天谢地，童小语没有食言，新学期开学后没过多久她就主动联系我，说我们可以再相见。

见面时，我们彼此微笑，奔跑着冲向对方，紧紧拥抱，鼻翼前又传来熟悉的味道，肌肤上又感受到动情的温度，真好。

只是我还没有从沉醉中醒来，她就突然推开我，兴奋地问："我的新造型怎么样？"

我这才意识到她的形象和以前还真的有些不同了，头发染色了，还烫了波浪卷，指甲留长了，还染成了黑色，眉毛变细了，像画上去的一样，个子变高了，因为穿高跟鞋了，胸好像还变大了，估计是低胸装的效果。

"挺好看的。"我违心地回答，其实我觉得童小语还是不化妆更好看，清水出芙蓉，现在这样浓妆艳抹，显得有点做作。不过久别重逢，我当然不敢泼冷水。

"那当然了，这可是我老师给我精心设计的造型，我喜欢极了。"童小语显然没有意识到我的搪塞，很开心地说，"我老师可厉害了，在中央电视台拿过奖的。"

"你老师？"

"对啊，就是教我们化妆的老师啊。"童小语越说越高兴，"能够遇到我老师，简直是我今年最开心的事。"

14

童小语口中的老师叫韩涛，一个离异大叔。此人别无所长，唯独长得帅，最起码在童小语眼中非常帅，这是童小语不止一次对我强调的，童小语还说此人成熟温柔，体贴人心，博学强记，手艺精湛，总之没毛病。

此外，童小语还特地强调，韩涛对她非常好，虽然一起学习的小姑娘有好几个，但韩涛总是给她开小灶，还夸她聪明伶俐，心灵手巧，一学就会，简直前途无量。

童小语说这些时天真无邪的表情，像极了我们刚认识的那会儿。这让我心疼且不安，可是童小语完全没有忌讳，仿佛她说的都和我无关。

15

无论如何，我和童小语都重归于好了，一切仿佛都没有改变，我们依然会约会，会逛街，会做爱，会彼此嘘寒问暖。然而一切好像都已改变，约会时童小语总是迟到早退，逛街时童小语总是心不在焉，做爱时童小语激情不再，关心对方也变得像应付差事，惯性使然。

对此，我虽心生不满，却也说不上来到底有什么问题，只能自我安慰这是阶段性表现，毕竟我和童小语已经走过热恋期，再天天激情四射不大可能。

然而，真正让我惴惴不安的是，在这些表象下，我能强烈感受到我在童小语心中的形象已经有所动摇，甚至崩塌。我是说，在此之前童小语是无比信任我、依赖我，甚至崇拜我的。无论我说什么她都认为那是对的，无论为我做什么事情她都认为那是值得的，就算她嘲笑我太土太 low，那也是出自关心和爱。可现在童小语对我的态度首先变成了怀疑，特别是每当我再对童小语说什么肉麻情话承诺誓言的时候，童小语第一反应就是坚决不相信，不但不相信，还会反讽说："谁知道你是不是对别的小姑娘也这样说过啊！"

对此我要是解释，她会说："解释等于掩饰。"

我要是不解释，她又会说："你看，心虚了吧。"

我问她到底什么时候才能不拿这个说事。结果她说不可能，因为"我做梦也没想到你会是那样的人"以及"不知道你还有多少事瞒着我呢"。

16

对童小语态度上的明显变化，绝大多数时候我都忍着受着，尽管我并不认同她的观点和表达，更郁闷于她对我的怀疑和指责。

偶尔我也会控制不住情绪，在她讥讽我后反诘一句："一天到晚说说说，好像你真受了多大伤害似的，还有完没完了？"

往往这个时候童小语都会立即摆出一副对峙的姿态，昂着头，瞪着眼，毫无怯意地说："怎么着，你还想和我吵架吗？"

"吵就吵，我会怕你吗？"

"我更不可能怕你了。"

"你可真行。"

"是你惹我的，活该。"

17

事实表明，我和童小语的恋爱已经进入了全新阶段，那就是，见不到的时候会想念，见到了又总爱生气，觉得还不如不见。原来红一次脸都要缓上好几天，现在一天不拌上几次嘴还不过瘾，而且吵了转身就能忘，然后接着吵。我们对彼此是如此熟悉，所以总能瞬间就伤害到对方最软弱的地方。她嘲笑我是乡下人、土包子，我则反讽她幼稚弱智、自以为是。

看着对方气得浑身发抖，心中也说不上是悲伤还是快乐。

我其实特别不喜欢这种恋爱状态，可又无力去改变，我想我们之间一定出现了什么问题，可到底什么问题，又说不上来。

这种无力感真让人感到绝望。

18

就这样，日子在我们吵吵闹闹中不太好也不太坏地又过去了几个月。不太好是我和童小语的感情没有变得更好，不太坏是我们的感情也没有变得更糟糕。对此我真不知道应该是捶胸顿足还是感恩庆幸。

12月底，我灵感大发，提议我们已经相恋一周年，要好好纪念一下。我感慨这一年风风雨雨经历了不少，携手走过很不容易，值得庆祝。

结果童小语想也没想就否了，童小语说："没必要吧，又不是结婚。"

我看她主意已定，只好作罢，同时又觉得自己确实太自作多情，值得批判。

19

1月初，在经过固体车间和仓库的轮岗后，我在工厂实习的最后一站分到了 QA 部门，负责质量检测。相对前两个岗位，这次终于摆脱了苦力的身份，多少有了点管理阶层的意思。因为车间在实际生产中往往很难按照国家要求的 GMP 标准去执行，从原料辅料到提炼制造再到包装，整个流程都存在大大小小的违规事实，最后的成品更是无法达标，这时候我们 QA 就显得无比重要——对于那些可过可不过的成品，是睁一只眼闭一只眼还是严格淘汰，这事得我们说了算。

因此，当我披上质检人员独有的白大褂拿着各种检测仪器再次走进车间时，收获的全是笑脸和恭维，无论车间主任还是技术主管，全然忘了当时我在这里实习时是怎样对我冷嘲热讽的，他们赞美我年轻有为，诚实善良，前途不可限量。转变之快，让我感慨千万。下班后呼朋唤友请我喝酒则如家常便饭，而每当酒足饭饱后还会带我到南汇的歌厅唱歌跳舞，歌厅里纸醉金迷甚至荒淫无度的景象更是让我大开眼界。

我这才明白，原来觉得工厂生活单调无聊只是假象，我能看到的永远是生活的一小块，人生有更大的精彩，你无法改变别人，但可以改变自己，动一动，变一变，总归不太坏。

工作如此，那感情呢？

这个想法，让我吓出一身冷汗。

20

2002年春节很快呼啸而至，因为上了班，我只在家逗留了几天，也没有怎么和童小语联系，除夕夜本来编了条很长也很煽情的短信打算发给她，后来想了想觉得好像也没必要，于是就删了。

等回到上海再见到童小语时已经是3月初了，一个多月没见，感觉她又长个了，而且造型又换了，变得时尚洋气很多，虽然真的很漂亮，却让我觉得有点陌生。

不咸不淡寒暄几句后，童小语突然掏出一部手机，埋头玩了起来。

"哟，买手机啦！"我感慨，"什么时候买的？怎么都没告诉我一声？"

"干吗要告诉你啊？"童小语头都没抬，没好气地回答。

我不开心了，立即冷嘲热讽："真是搞不懂，你一学生不好好学习买什么手机，费钱还浪费时间！"

"管得着吗你？"

"谁管你了，说说也不行吗？"

"不行，我手机又不是你买的，你干吗要管我？"

"切，你想要我给你买手机早点说啊，多大的事。"

童小语急了："谁要你给我买手机了，你有钱吗？你那么抠门。"

"你……"我气得一时语塞。

"我什么我？"童小语不依不饶，"我最烦别人对我指手画脚还冤枉我，讨厌。"

21

有了手机后，童小语和我在一起时就更加心不在焉了，不管何时何地，也不管我们在干吗，她都永远捧着手机，不停发短信，时不时还"扑哧"笑出声来。

我问她怎么了，她也不避讳，对我说："我老师刚给我发了个笑话，好好笑。"

"你老师？哦，想起来了。"有段时间没听她提这个人了，还真是阴魂不散，我问，"你上的那个培训班不早结束了吗，怎么还联系着呢？"

"对啊，我又报了寒假提高班。"

"好吧，都没告诉我一声。"

"怎么什么都要告诉你，你好烦啊！"

我被童小语怼得有点尴尬，讪讪地说："独乐乐不如众乐乐，让我也笑笑吧。"

童小语拒绝了:"我老师说了,不能给别人看。"

说完还特地转过身去,一脸紧张。

我故意问:"童小语,你老师那么厉害,什么时候也介绍给我认识一下如何?"

"你要认识他干吗?"童小语疑惑地问,"噢,是不是你也想学化妆?"

"可以啊,我也要求进步嘛。"

童小语直摇头:"你学不会的,你连基本的穿衣搭配都不会。"

"所以才要学嘛。"

"那也不行,我老师说了,他传女不传男。"

"我的天哪!"我控制不住,冷笑起来,"传女不传男?有病吧他,搞得跟邪教似的。"

结果童小语立即不高兴了:"不许你这样说我老师。"

22

基于这个叫韩涛的哥们在童小语心中的地位节节攀升,已经严重影响了我和她的正常交流,我开始有意地加以还击。

我谆谆教导童小语不要那么善良天真,这种离异中年男人相当复杂,对她如此热情肯定不安好心。我觉得我摆事实讲道理很有说服力,可是童小语根本不听，非但不听，反而责难我总是把人心想得太黑暗，需要反省的人其实是我。我又试图辩解，童小语干脆总结陈词说："反正这个世界上是不会有什么坏人的，就算有坏人也不会让我遇上。"

"那不见得，你还小，还会遇到很多稀奇古怪的事。"

"好吧，就算你说得对。"童小语突然看着我，半开玩笑半认真地说，"难道你不就是我遇到的最坏的人吗？"

23

一个周末的上午，童小语本来说好了要过来找我，结果临时变卦，说她得去美容院，因为韩涛刚从日本回来，学会了国际最新彩妆技术，要单独传授给她。我负气地说："等我们见完面再去不行吗？就差这几个小时啊！"结果童小语也很生气地回答："不行，一分钟都不想等。"

那天中午我实在按捺不住，悄悄找到了那家美容院，然后在对面马路上守了半天，最后还真看到这个叫韩涛的哥们了。我必须承认此人真的很帅，还挺年轻，看上去比我大不了几岁，而且非常有型，穿着很潮，明明是阴天还戴着大墨镜，看上去像个明星。韩涛个子很高，童小语站在他身边看起来很般配，两人有说有笑地一起走出了美容院，骑上了一辆黑色摩托车。童小语自然且熟稔地搂着他的腰，摩托车发出阵阵轰鸣绝尘而去，童小语的长发在空中飘扬。

"×！"我对着他们消失的方向恶骂了声，这简直是赤裸裸的耻辱啊，任凭我再温和老实，也忍不住瞬间发飙。

我立即冲到一个公用电话亭给童小语打电话，她手机始终没人接，我就不停地打，直到接通为止。

我竭尽全力控制情绪，问她在干吗。

童小语丝毫没避讳地说她正在和她老师吃日料。

我质问："你不是说要学什么破彩妆的吗？"

"是的啊，我都学了一上午，总归要吃饭的呀。"童小语疑惑地问，"你这是怎么了？"

我再也无法淡定，对着话筒大吼："我怎么了？我他妈很生气，你赶紧给我他妈回来。"

童小语也叫了起来："干吗啊你？吃炸药啦？"

"是，我吃炸药了，气死我了。"我激动得语无伦次，"告诉你……我刚才就在你楼下……我都看到了。"

"你看到什么了！好啊，你竟然跟踪我？"

"别废话，你回不回来？"

童小语和我杠上了，斩钉截铁地说："不回去。"

"不行，你必须——"话筒里突然传来忙音，童小语把电话给挂了。

24

我紧握着拳头，气得浑身哆嗦，却也不知道该如何是好。

我恨不得立即找到他们，将那个男人痛打一顿，可我根本不知道他们在哪儿，何况我还不一定打得过他。

就算打得过，又有什么意义？童小语就能"迷途知返"吗？说不定还会觉得我野蛮，更加不可理喻。

再说了，万一把人打坏了还要承担后果，吃亏的还是我。

那一瞬间，我脑子里想了很多很多，我简直讨厌死我自己了，都这个时候了，还那么理性，那么懦弱。

可是，这就是真实的我啊，我改变不了自己的性格，就像我改变不了童小语对我的态度，我什么都不能做。

除了郁闷，痛苦。

算了，天要下雨，娘要嫁人，随他去吧。

25

我垂头丧气地往回走，一路上在心里不停地和自己对话。

一个声音恨恨地说："妈的，终于知道这半年来童小语为什么会对

我越来越冷淡了，我还真以为是我的'欺骗'伤害了她呢，原来竟然
是有了新欢。"

另外一个声音很快跳了出来："他们一起去吃饭并不代表什么啊，
你又没捉奸在床。"

接着又一个声音响起："或许童小语真的只是把他当作老师，她那
么单纯，又爱玩，对什么都好奇，这其实很正常，说不定是你多想，
冤枉她了。"

"就算没冤枉又怎样？你要关注的是你还爱不爱她，只要你爱她，
就要接受她，包容她。难道你能主动放弃说分手吗？"

"不能，你绝对做不到。"

"那么好了，你不能就不要瞎逼逼，你个屁蛋。"

"还有，你要反思她为什么会对你越来越冷淡，除了她的问题，你
也有问题，你是不是做得足够好了，童小语对你提了那么多要求，你
真正听进去的有几个？"

"没几个。"

"没做到就别嘚瑟。冲动是魔鬼，现在好了，童小语肯定不会原谅
你了，等着哭吧，你个笨蛋。"

"是，我是屁蛋，也是笨蛋，我他妈就是罪有应得。"

26

那天我走了两个多小时才走回宿舍，等出电梯时，发现童小语已经在门口了。

她没有说话，面色冷峻地看着我。

我们四目相对，久久无言，谁也不开口。

最后还是童小语主动："你怎么才回来？"

我答非所问："你怎么来了？"

"请假了，下午的课不想上了。"

童小语的语气并不像要跟我决裂的样子，这让我多少有点心安，可我嘴上不愿意服软，于是冷笑着说："真是难得。"

"你是不是不打算让我进门了？"

"你不是有钥匙吗？"

"忘带了。"

"那不能怨我。"我赶紧开门，"进去吧。"

进门后，童小语也不坐，声音立即大了几分质问我："你为什么要骂人？"

"谁骂你了！"

童小语眼圈突然红了："你就是骂我了，你不但骂我，还跟踪我，怀疑我。"

"我看到你和别的男人在一起不舒服不行吗？"

"不行，你不能怀疑我，我又没做错什么。"

"那我做错什么了？"我情绪再次失控，大吼起来，"我他妈没什么过高的要求，我就是想和我女朋友一星期聚一次，我不赌博不酗酒不找狐朋狗友玩，就想对我的女朋友好点，我觉得我们在一起一年多了，风风雨雨真的不容易，现在遇到了问题就更要彼此理解主动沟通，我从来都不觉得自己有什么了不起，我一小镇青年我有什么啊，我什么都没有，我只有你，你就是我最重要的那个人，我不能失去你，也不想失去你，所以我紧张我害怕我行为失控了就那么难以理解无法接受吗？"

童小语蒙了，傻傻地看着我。

"我知道你爱玩，所以我从来都不反对，哪怕那些我根本嗤之以鼻，我知道你很单纯，所以无论你做什么，我都告诉自己应该珍惜，我知道你对我要求很高，所以我一直努力改变，我真的很想成为你希望的那个人，成为你的骄傲。可是爱情是两个人的事啊，你什么时候想过我的感受？你关心过我在工厂过的是什么样的生活吗？你知不知道我每天对着大海和满目荒芜内心是多么失落？你知不知道我身边都是些什么样的傻×，我有多寂寥？你总是嫌弃我这不好那不行，哪怕你是开玩笑，可是我也是人，我听了有多难受。你说我是作家将来可以出本书，我每天都在努力写啊写，可是我根本写不出来，我有多痛苦？你又知不知道我他妈从小就自视甚高，认为自己一定能平步青云出人头地，可是我现在一无所有狼狈不堪看不到未来有多绝望？你通通不知道，因为你想到的全是你自己。"

"说完了没有？"童小语冷冷地问，我从她的眼神看不出来她的心情。

"说完了。"

"你是想和我分手吗？"

"不想。"我毫不犹豫地回答。

说完我突然哭了起来："我他妈有一千个理由说分手，可是我做不到，我那么爱你，我不能没有你，我他妈真的做不到。"

第七章

一次别离

年少时的悲哀莫过于无法主宰自己的生活，
也不清楚眼前的路究竟是不是自己想要的，
更多的时候不过随波逐流，漂到哪里算哪里。

WHEN WE WERE YOUNG.

1

2002 年 4 月，我顺利结束在工厂的实习回到总部。开会时销售副总突然慷慨激昂地宣布部门总监换人了，那个卖洋酒的哥们能力不济是个大忽悠，被他及时发现英明解聘，为公司挽回了重大的损失，他新挖过来的总监则身经百战，定能带领我们再创佳绩——我听的时候觉得他的话是病句，我们什么时候创过佳绩？

新销售总监是一个年过半百的老头，瘦得皮包骨头，嘴巴上稀疏留着几根胡须，跟传说中的半仙没有两样，半仙是浙江余姚人，据说在上海的医药销售行业是个响当当的人物，来我们公司之前曾经是浙江一家知名老字号医药公司主管上海大区的销售副总，每年在上海的销售额过亿，颇受同行敬重。不过半仙也有自己的烦恼，其一是从浙

江来上海闯了十几个年头却依然没有转成上海户口，因此再牛 × 也还
是一"外地人"；其二是老婆和孩子一直在浙江生活，夫妻两地相隔，
长期性生活严重不和谐，经常产生"赚那么多钱到底为了什么"的哲
学困扰。抱着这两大遗憾半仙一直活得郁郁寡欢，工作和生活可谓一
半是火焰，一半是海水。正当他百般煎熬的时候恰好遇到酷爱挖人的
我们公司，半仙立即从原单位跳了过来，提出的条件则是给他解决户
口问题外加安排住房让他们全家团圆。

解决户口问题对上海本地国企来说并不难，但公司住房有限，
就在领导犯愁之际，不知道哪个孙子灵机一动说："咦，我们不是
还有套员工公寓空着吗？就一个刚毕业的小伙子住在里面，不太合
适啊！"

2

两天后，我被公司一纸调令安排到苏州，美其名曰开拓新市场。
为期两年，即日生效，从此没有什么特别的事情不必再回上海。也就
是说，我得立即卷起铺盖滚蛋。

从头到尾都没人问过我的意见，因为那根本不重要。

3

现在想想，年少时的悲哀莫过于无法主宰自己的生活，也不清楚眼前的路究竟是不是自己想要的，更多的时候不过随波逐流，漂到哪里算哪里。

当然了，这些都是事后的感慨，当时我的情绪其实并没有那么糟糕，反而有种暗暗的兴奋，天真地以为在苏州或许真能够出人头地做出点名堂。同时还觉得离童小语远点或许可以让我更冷静地看清楚现在的恋爱到底出了什么问题，甚至有点报复的快感。

因此，当我匆匆向童小语告别的时候，我的状态很轻松，大肆描绘着我的远大前程。我说现在互联网正蓬勃发展，中国经济前所未有地高速增长，正是我等有志之士建功立业的好时候，我要在苏州大展拳脚努力奋斗，争取成为一个金牌销售员，等完成职场蜕变你再见到我后肯定发现我完全变了样，变成你喜欢的模样，我会让你因我而自豪。

"能不能不走？"童小语听了我的长篇大论后，只是问了这一句。

"不能吧。"我闪烁其词，还是说了出来。

童小语没有再说什么，而是紧紧抱住我，在我胳膊上狠狠咬了一口又一口，然后无比悲伤地用上海话说了句："我舍不得侬走啊！"

分开时，我才发现她已经哭得稀里哗啦，眼泪一滴一滴掉下来，掉到了我的手上，腿上，心上。

印象中，那是我最后一次看到童小语为我哭得如此伤心。

4

2002 年 3 月底，在上海火车站南广场上，我挥手向童小语告别。

童小语没有再哭，只是叮嘱我在外照顾好自己，有空就回来看她。

我嘴上说着知道，心里却决定没什么事绝不轻易回来，颇有"风萧萧兮易水寒，壮士一去兮不复还"的悲壮情怀。

我以为我是对的，我又找到了最初在情感关系占主导位置的那种优越感。

然而短短几天后，我便为我的决定后悔不已，我真想大骂自己太愚蠢太可笑太弱智，因为在我展望美好未来的时候我忽视了一个根本的事实。那就是，我对童小语的爱已经深入骨髓，遍布灵魂，我周身的每一个毛孔都倾注满了我对童小语的依赖，我根本离不开她，一离开她我就会发疯会落魄，会难受得想死掉。

我绝对没有夸张，沧海变成桑田，真爱已然幻灭，左手倒影不留痕迹，右手年华无可追忆，一切烟消云散，无影无踪。

5

　　公司在苏州的办事处是套两室一厅的民房，位于一个名叫大王家巷的胡同里，距苏州市的主干道人民路也就二三十米的样子，可每当从繁华热闹的人民路转进大王家巷就仿佛进入了农村，不但全然听不到汽车的声响，而且每天早上都能听到公鸡啼叫以及小贩的叫卖声，晚上八点后巷子里连鬼影都没有一个，只有那昏暗的路灯照在高大的白色砖墙和黑色瓦片上，那些在夜风中剧烈摇摆的芭蕉叶发出沙沙的声响，显得分外地阴森狰狞。

　　和我同住的是我在苏州唯一也是最高的领导，一个五十几岁的上海老头，我不是白痴，所以在这里我用老头来形容这个刚过半百的人绝对不是口误，事实上我的主管看上去绝对是个如假包换的老头，而且身材臃肿、行动缓慢，据说是拿掉一个肾的缘故。这个老头身上有着上海人所有的坏毛病，几乎是第一眼见到我就对我严重看不惯瞧不起，而在其后的生活和工作中更是对我的所有行为批评责难，让我痛不欲生，其间经历的痛楚已非我生花之笔所能形容一二。

　　老头对我的指责绝大多数集中在卫生方面，在他眼中我是一个缺少教养没有任何卫生习惯的乡下人。作为新人，我承包了办事处所有的苦活脏活，可无论我多辛苦，就是得不到老头的认可，他经常在我

做错事的时候一边冷笑一边急剧摇头表达他内心的不满，这也成了我
内心最为恐惧的表情，没有之一。

　　此外，老头在打击我的同时还把我当成了一个消遣无聊的对象。
不但每天要对我进行训话洗脑，而且喜欢给我讲述他上山下乡那会儿
的风光故事。老头说他年轻时不但英俊潇洒、风流倜傥，而且心灵手
巧，才高八斗。他们全农场比赛插秧没一个人比得过他。老头还说
那些年无数女人爱慕他追求他，可他都不为所动，后来还被农场送
到复旦大学读了两年的农作物种植，因此基本上他也可以算作复旦
大学的毕业生，含金量比我们这些滥竽充数的大学生不知道高多少。
老头说这些的时候扬扬得意，自我感觉非常良好。很多时候我简直忍
无可忍，真想一把掐死这个尖酸刻薄、厚颜无耻，少了一个肾的死
老头。

6

　　在苏州我的工作雅称是医药代表，俗称就是药贩子。我们这些药
贩子的主要工作内容就是对医院里具有开处方权的医生不断进行拜访，
并且通过拍马屁、说大话、送钞票、带他们吃喝玩乐等不良手段建立
起互相信任的关系。这些医生在享受到种种好处后会在履行治病救人

　　的神圣职责时给病人用这些恩泽他们的医药公司的药品，而作为药贩子的我们更重要的工作就是每个月要把药品的回扣送到这些医生手中，他们都是我们的衣食父母。

　　这些衣食父母大多满腹经纶、学富五车，从年龄上看大多半百以上，从职称上看大多是副教授以上，不但通晓医术，而且个个自诩人格高尚，只是高尚其实是一个很肤浅的概念，仅局限于风花雪月的层面，当我们向他们递交回扣的时候高尚就成了一种赤裸裸的讽刺。

　　我曾亲手给一位八十多岁看上去行将就木、满脸都是老人斑的主任医师送上了当月的回扣，在递出钞票的那一刻我还心存幻想，希望这个德高望重的名医可以拒绝金钱的诱惑，哪怕是大义凛然地大声将我怒骂，让我滚蛋，可这个众人景仰的名医很快用颤抖的双手粉碎了我的梦，在接过钞票后他很快把钱放到了抽屉里，然后脸上浮现出一丝媚笑，对我说谢谢，他让我放心，下个月他会继续给病人多开我们公司的药品。走出医院的时候我觉得自己内心有点伤感，我不知道这种反应是表示我太正义了还是表示我太傻×，我懒得思考这个问题，因为思考出来任何结果都无济于事，该送的钞票还是要送，该收钞票的人还是会收，徒劳无功的感慨只是一个肤浅的笑料罢了。

7

我一共负责五家苏州的三甲医院，每天的工作就是马不停蹄地在这五家医院来回穿梭，想方设法接近和我们公司药品相关的医生并进行奉承拍马。我曾经无比自信地认为这些对我而言并没有难度可言，可事实上没做几天就开始心灰意懒起来。因为每次我人模狗样夹着个公文包笑嘻嘻地走进医生的门诊问有没有空聊会儿后，收到的都是让我立即滚出去的信号，我会走路，但不会滚蛋，也不想滚蛋，所以我只能继续嬉皮笑脸地想和对方探讨人生拉拢感情，好不容易有个机会坐下来，心存虔诚地说了半天，最后医生眼睛看都没看一眼，就说他知道了，然后让你离开，那种感觉让你觉得自己绝对是个如假包换的大傻 ×。

总之，热脸贴冷屁股的日子相当不好过，我的万丈雄心在一次又一次的被拒绝中很快变得脆弱不堪，没几天我就对这样的工作彻底丧失了兴趣，每天过得苦不堪言，更不要说什么从工作中获得乐趣和成就感，那简直就是扯淡。

8

苏州办事处的上一级是江苏大区，大区经理差不多每两个星期就会来视察一次工作。大区经理的年龄和那主管差不了几岁，但人要显得年轻很多，也更为健谈，他俩每次见面时都会在彼此脸上堆积满和善的微笑，仿佛最亲密的战友。然而在这微笑的背后则隐藏着巨大的矛盾，因为主管一直负责整个苏州地区的业务，而且成绩不错，再加上是老员工，所以居功自傲。原来的大区经理走人后他一度认为这个位置非他莫属，没想到公司却找来了一个看上去傻不拉几还比他小的人来管他，因此一直心存不满。而大区经理就更看不惯这个主管了，经理想，你他妈一个残废，要不是公司给你优惠条件，你做个屁业务啊？现在也不看自己什么鸟样，还这么嚣张？顺我者昌逆我者亡，你要是不听话我就搞死你。

　　因为苏州办事处除了那老头就剩我一人了，所以在这场人事斗争中我就显得尤为重要。也因为都是我的领导，所以这两个浑蛋根本不考虑我的感受，而是直接要求我去攻击另一个人。也就是说，当我和主管在一起的时候我们会一起大骂经理是混球，无耻下贱，不要脸，全靠溜须拍马才有今日的位置。当我和大区经理在一起的时候我们又会一起怒骂这个主管，说他脑残卑鄙不得好死。而无论和谁一伙，我都要情绪激昂，态度真挚，仿佛我们是同一条战壕里的生死战友。

　　我认为这样的一种双重背叛关系真的很无耻，人性和人格在无限循环的怒骂诋毁中变得荡然无存，对于大区经理和主管这种无耻了几十年的人而言显然已经麻木不仁，但对我这种雏儿来说就显得很残忍。起初我还用"人在江湖，身不由己"来自我安慰，到后来这个苍白的理由显然不足以安抚我内心的罪恶感，并开始叩问起良心和价值观，说实话，我真的无比厌恶这样的尔虞我诈，我总是幻想一切的肮脏和龌龊都可以伴随着我的愤怒而彻底灭亡。尽管，我也知道，这一切根本不可能发生。

9

以上就是我在苏州工作生活的一些客观环境和事实，构成了我郁闷和迷茫的理由，然而这些和因我对童小语的思念引发的痛苦相比，根本不值一提。

著名的女歌手王菲在她的歌里面唱过："思念是一种很玄的东西，如影随形，无声又无息，出没在心底。"我认为这句话完全正确。事实上，刚到苏州的当天下午我就想念童小语想得快要崩溃。脑子一热差点立即买回程票，觉得只要能够回到童小语身边，其他什么都不重要。

等安顿好后，我立即给童小语发短信告诉她我到了，让她放心。

童小语过了好久才回：好的。

我说：我很想你。

又过了好半天收到童小语的短信：知道了。

我没忍住，问：为什么这么久才回？

她说：不太方便。

我对童小语的这种态度自然很不满意，然而接下来的情况越来越糟糕，童小语几乎从不主动联系我，就算打电话也不能确保每次都接通，接通了也感觉没什么好聊的。

刚开始几天因为事情挺多，加上心中赌气，所以我尽量少和她联系。一个多月后当我的工作逐渐稳定时，我对童小语的思念也累积到了峰值。我每个星期都想回上海找童小语，可主管老头始终不让，理由是狗屁的工作繁忙，我也担心童小语出不来会白跑一趟，于是只能作罢。

为表相思，我开始重操旧业，给童小语写邮件，我向她详细介绍我在苏州的点点滴滴，将这里的工作生活添油加醋描写得活色生香，仿佛好极了。童小语的回邮总是又慢又少，且内容大多敷衍，可对我而言，那无关痛痒的寥寥数语已经是我苦闷生活里最大的安慰。

而随着时间的流逝，童小语的回复越来越少，直到彻底没了音信。我质问她为什么不回我邮件，她说她妈妈把她的电脑锁起来了，我说那给你打电话吧，她又说不方便接，我生气地问那你到底想怎样嘛，她回答说就现在这样挺好。

10

那几天我失魂落魄，工作接连犯错，先是把给医生送的回扣弄错了，被主管往死里骂，自尊心受到前所未有的打击。接着公司给医院的发票又被我弄丢，导致回款延后，更是受到了处分，还被扣除了当月奖金。就在我感慨运气真差之际，我收到了童小语的短信，她说她妈不在家，她把电脑拿出来了，问我有没有时间上 QQ，她有话想对我说。

我立即怀着惴惴不安的心冲到网吧，刚登录 QQ，童小语的对话框就蹦了出来。

"苏扬，为什么你要对我这样好？"

"我来了，我来了。"我赶紧回，"傻丫头，说什么呢？我是你男朋友，对你好是应该的啊！"

"可是你越是这样对我好我就越是觉得对不起你。"

我拼命控制自己："怎么这样说呢？发生什么事情了？可以告诉我吗？"

那边一直沉默。

我继续说："有什么事让我们一起面对，好吗？"

QQ 上童小语的头像突然变暗了，很快又再次变亮，接着又变暗。

来回登录的"咚咚"声摄人心魄，我的心情紧张得无以复加。

如此反复了好几次后，终于传来一句话。

"我现在心里乱极了，你给我点时间，让我好好想想，我会和那个人把问题说清楚的……"

11

看到这句话的时候我脑子一下子变得空白，心跳不快了，手也不颤了，心灵坦荡如砥了，世界很快恢复到了安静祥和的本来。童小语的头像还在欢快地跳动着，可我完全没有力气点开看，我怕再看下去我会崩溃在电脑前。

我立即下了线，不辞而别。

离开网吧后我不想回宿舍，不想去任何地方，就麻木不仁地走在完全陌生的街道上，分不清方向，也不想分清方向，脑子里反复出现的两个字就是"背叛"。

很多人都爱说命运叵测、人生如梦，说这话的时候都很潇洒，一副淡然自若的模样，可我现在终于知道绝大多数说这些话的人其实都是在假扮沧桑，包括曾经少不更事的我。

因为，当命运真的选中你的时候，你的心里，只剩悲凉。

12

童小语所谓的要"把问题说清楚的"那个人当然就是韩涛，这是我回上海后确认的。那天我从网吧出来后魂不守舍地在外面游荡了一整夜，抽了很多很多烟，喝了很多很多酒，心中的疼痛却没有减轻半分，天色渐明的时候我心一横，决定立即回趟上海，去找童小语说个清楚。

就算分手，也要分得明明白白。

这个念头让我很兴奋，好像又活了过来，以至我连行李都没来得及收拾就直奔火车站。

上午十点，我重新站在了上海火车站的南广场上，此去经年，一别已经数月。我给童小语发了条短信，说我回上海了，想立即见她。童小语回复得很快，告诉我她现在出不来，让我晚上七点在虹口足球场门口等她，届时那里会举行张信哲的演唱会，她好找借口出来一下。

那天下午我实在无处可去，最后还是回到帝宫并在里面度过了百无聊赖的几个小时。曾经在这个城市我是个主人，我可以随心所欲想干什么就干什么，现在我却成了过客，没有落脚之地，曾经固若金汤的爱情也变得岌岌可危，而所有的这一切都不过是短短几个月之内的改变。

物是人非，物是人非啊！

13

你要问港台哪位歌星在上海拥有最高的人气，那么我会毫不犹豫地告诉你是张信哲，以情歌见长的阿哲无论其人还是其歌从气质到内在都与上海的阴柔无比贴合。无数正在发育的女孩都是在张信哲的情歌中奠定了自己的爱情观，而张信哲的演唱会也不仅仅是一场单纯的商业活动，完全可以称作这个城市女孩的一场大型的朝拜，她们集体歌唱，一起摇摆，共同抒发着对爱的遐想。

我提前两个小时来到虹口足球场，周边已经人山人海，甚至连四川北路上都是手持荧光棒的青年男女，所有人都无比兴奋，她们高声呐喊大声尖叫，以此表达内心的激动之情。这一幕让我想起去年元旦的夜晚，那时候的我和她们一样青春，一样兴奋，一样觉得 "I'm the king of the world"，无论快乐还是幸福都不过是最简单的事。

那天我始终静静站在虹口足球场的正门口，看着眼前犹如过江之鲫的女孩们，心如止水，直到童小语慢慢在我视线中出现。

14

如果一定要把我和童小语的恋爱过程画上精准的刻度并加以科学

分析的话，那个晚上毫无疑问占据着重要的一笔。那个歌舞升平的晚上，那个凉风习习的晚上，我和这个世界上任何一个为爱无法自拔的人一样试图通过开诚布公的交流把所有症结解决，为继续恋爱扫除障碍。客观而言，这绝非一个很高的要求，可就这童小语都没有满足我，因为她根本没有兴趣和我谈论我关心的话题，她反复强调她对韩涛只是一种细微的好感，和对我的感情完全不一样，何况韩涛一直在追她，可她根本没答应，尽管两个人也的的确确约会过几次。

我听了很纳闷，我说："既然如此，你为什么说要和他说清楚呢？你到底要和他说清楚什么？"

童小语没有回答，而是又向我提出了新的问题，表情深沉得像个哲学家。

"你说你很爱我，会不会只是一种自我欺骗营造出来的假象呢？"

"当然不会，怎么可能？"

"好，那如果你真爱一个人会不会为她奉献所有，哪怕自己的生命呢？"

"应该会，不，一定会。"

"可那样不会很傻，很不值得吗？"

"不傻，值得。"

童小语听了摇摇头，然后喃喃自语："我曾经也坚定不移地认为如果爱上了一个人，那么就可以为他付出所有，包括生命，可现在我不那么认为了，我觉得一个人应该对自己更好一点。"

"我明白了，是不是韩涛告诉你这些的？"

童小语没有否认："我觉得他说得有道理。"

"好吧，可是你到底想告诉我什么呢？"

"我没想告诉你什么，我只想说，人是会变的。"

<h1 style="text-align:center">15</h1>

在茶坊待了大半个小时后童小语就说要回家了，从头到尾童小语都没有关心我晚上有没有地方睡觉，是否会露宿街头，她完全忽视了她作为我女朋友的身份，从而也忽略了她应该承担的责任。这个我不怪她，因为我知道她根本不会想到这些，是，她长大了，变成熟了，想的问题多了，也深刻了，知道这世界不是非黑即白二元对立了，这很好，是每个人的必经之路，可是她不能在得到一些后就彻底把过去否定和遗忘，那不公平。

我几乎是祈求她再多留一会儿，我说我还有好多好多话想对你说呢。童小语残忍地拒绝了，她说她妈妈最近对她意见很大，要是再不听话，那么以后就彻底出不来了，她真挚的表情让我一点都不觉得她在撒谎。我想如果我他妈是一个女人我肯定立即大哭一场，我会肆无忌惮地用泪水来宣泄内心的委屈；我想我要是流氓我肯定把身边的那些浑蛋暴打一顿，通过拳头做回一个真正的男人，可是我不是女人，也不是流氓，我只是一个外表懦弱内心脆弱毕业了一无所有的家伙。所以，我答应了她，并让她放心，我会好好照顾自己。

就在童小语快走到门口的时候，我情不自禁地冲了过去说："我送你回去，可以吗？"

谢天谢地，这次她没有再拒绝我。

16

张信哲的演唱会正进行得如火如荼，虹口足球场外依然聚集着大批没有买到入场票的年轻男女，他们犹如中世纪虔诚的信徒一样对着天空挥舞着手中的荧光棒，仿佛那里就住着他们的信仰，甚至连卖荧光棒的老太婆们也欣喜异常，她们激动地向世人宣布荧光棒从一根一块钱降到一块钱十根，量大还有优惠。

一路上我们并肩前行，沉默无言。我心中千言万语，嘴上却说不出一句，除了把身上能脱的衣服都给童小语披上，不知道还该如何表达我对她的爱。童小语则将刚买的荧光棒折叠成不同形状，然后举在空中晃来晃去，犹如一只追逐鲜花的蝴蝶，依然是那么漂亮，那么美好。

在离童小语家还有一条马路的时候童小语停了下来对我说："我要到家了，你回去吧。"

"我送到你家楼下。"

"不用了，我一个人过去就可以了。"

"那好吧，你自己当心点。"

"我知道的——苏扬，你怎么看上去那么奇怪？"

"怎么奇怪了？"

"你是不是又要哭了？"

"不能够，我都好几个月没见到你了，高兴还来不及呢。"

"那就好，我走了。"童小语对我挥手，还不忘露出那已经深深烙在我内心深处的微笑。童小语转过身后就继续挥舞着手中的荧光棒向前跑去，我站在原地看着童小语的背影，直到她转过街角彻底消失不见。我觉得现在终于安全了，于是泪水一下子涌了出来，泪流满面之际我痛苦地闭上眼睛，蹲在了地上，双手掩面，任凭自己哭了个痛快。

等我再次睁开眼睛的时候我发现童小语又站在了我面前，她怔怔地看着我，仿佛一个受了惊吓的小孩。童小语上前紧紧把我拥抱，认真地对我说："苏扬，快别哭了，不管发生什么，我们都要学会面对，这是你告诉我的。"

17

苏州人民路的尽头有个很大的寺叫报恩寺，报恩寺里有座很高的塔叫北寺塔。

在苏州的几个月我几乎没有游玩什么景点，只是有一天早上心血来潮决定到北寺塔上看看。我用了二十分钟就爬到了塔的最高层，当时天高云阔，万物复苏，我俯首打量整个姑苏城，想起个人境遇，平生第一次产生了写诗的冲动。

有关一座塔的倒塌

北寺塔倒了

几只羸弱的鸟放声尖叫，惊醒了塔下的和尚

垂暮的他们通过抓阄决定

用哭泣的方式作为最后的告别

仪式过程很简单

所有排场已经上演了几百几千年

昏黄的泪水依旧晶莹

在梵语的刺激下流过风干的皮肤

最终裂为两半，将荒芜的塔润湿

那场面，多少显得有点伤感

北寺塔倒了

这群年老的和尚放声大哭

其实他们还可以用其他姿态，作为告别的仪式

比如逃亡，也可重建

谩骂和厮打

这群可怜的老和尚

他们的袍子长满了虱子，他们的眼睛血红

或许过了今夜他们就会死去

这泪水成了最后的活着的证据

塔倒的时候西方几丝残霞如血

那是他们幼时也见过的景象

他们一辈子守候北寺塔

用孤独来忏悔前世的罪

本来如果对着这座塔喝上一杯

这群和尚很可能变成诗人

一把洞箫，古筝，或者是二胡

吹出弹出拉出

北寺塔一千年，两千年，三千年的沧桑

他们还可以在北寺塔顶跳舞或者

看五代和十国的月亮

可最后，这些和尚只是不停流泪

喃喃自语——倒了，倒了

记得很多年前

这群老和尚还都年少

一个小和尚曾经看着这北寺塔然后又看着这天

然后在塔下想过

爱情

18

无论如何，只要童小语没有和我说分手，我就依然是她的男朋友，只要我们的恋爱关系依然存在，其他什么我都能接受。

而为了维系这摇摇欲坠的关系，我开始每个周末都回上海，我天真地以为，我们的感情出现的所有问题，都是因为我长期不在上海，所以只要我每星期都回来，我们的感情很快就会复原。

我承认我在自欺欺人，可彼时情境如同溺水，死生一线，没的选择。

为此我没少讨好主管老头，还把我的无奈和苦恼和盘托出，老头听后竟然很痛快地准了假，并且承诺绝对不会告诉公司，甚至面露同情地说我的痛苦他都懂，因为他也是深爱过的人。对他的话我已经无暇考虑是真是假，反正就算他不同意，我也会不理不睬，就算公司将我开除，我也毫不在乎。

从此，每个星期六的上午我都会精神抖擞地往上海赶，然后到星期天晚上再垂头丧气地坐火车回苏州。在上海的时候我会争取每个能见到童小语的机会，哪怕只是在一起一分钟，哪怕只是看她一眼。而星期六晚上我则会在洗浴中心过夜，或者到同学家打地铺，那些曾经被我取笑过的同学住所反而成了我的避难所，此事也让我对人生有了更多的感悟。

我的想法是，当你得势的时候千万别得意，因为那不一定证明你有多了不起，很可能只是你赶上了，你更不能因此瞧不起别人，因为有一天你或许比他还不如，届时你所有的嘲讽都能成为你落魄的"呈堂证供"。因此我们都要对生活多一点敬畏，对自己少一点自信，唯有如此方能更好地活着。

这份感悟如此深刻，无论生活还是爱情，全部适用。

19

一天我在苏州的观前街上看到 S.E.S 刚推出的新专辑，大喜过望
立即买了下来，我想等周末送给童小语，她一定很惊喜。等回到宿
舍后我把光碟往桌上一放，就欢天喜地地吹着口哨出去买菜做晚饭
了，没想到人一开心就容易做傻事——我居然把唯一的钥匙给落房里
了——等反应过来的时候傻眼了，主管老头到浙江出差了，十天八天
回不来，其他东西要不要都无所谓，可这张光碟我必须拿到。我打
110 向警察求助，警察说这种问题不归他们管，建议找开锁公司，我
立即找到开锁公司，结果对方让我到派出所开个证明，我又跑到派出
所，结果工作人员让我证明我有权力开这个证明。我不是房主，也没
有租赁合同，于是悲哀地发现这么小的一件事根本无解，于是决定自
行解决。我围着那幢居民楼转了半天，想了无数个进屋方案，最后判
定从斜上方的六楼别人家阳台跳到我们的阳台上最直接有效。我鼓足
勇气敲开六楼那家人的门，口干舌燥解释了半天，最后恨不得给对方
跪下磕头叫爷爷，这才勉强获得同意，就这还写下一份免责书，摔死
摔残都和他们家无关。站在六楼阳台上我这才意识到跳下去还是需要
莫大勇气的，我犹豫了好一会儿，越来越害怕，可想起童小语看到那
张 S.E.S 专辑露出的笑容时就什么都顾不上了，心一横，跳了下去。

　　不幸的是，我并没有按照想象的轨迹如愿跳到我们宿舍的阳台上，万幸的是，我也没有掉下去，我抓住了阳台栏杆，整个人悬在了半空中。我用尽全力往上爬的时候突发奇想，如果我就这样摔下去，摔死倒也罢了，要是摔个半身不遂，不晓得童小语会不会服侍我下半辈子呢？如果成立的话，倒也合算。

　　后来我把这件事添油加醋地告诉了童小语，我本以为童小语会大惊失色，为我对她爱得连命都不顾的事实感激涕零，却没有想到童小语心不在焉地听完之后很是平淡地对我说："我不觉得这样做有多了不起，一个人连自己都不爱还怎么去爱别人？"

　　我崩溃了，心中的憋屈喷薄而出："童小语，为什么你现在总是那么理性和冷静？原来的你不这样啊，原来的你多好啊，那么天真，那么热情……"

　　结果童小语打断了我："好了，苏扬你不要永远活在过去好哎？"

20

　　童小语其实说得没错，活在过去是我们总是感到痛苦的主要原因。哲学上管之叫"沉没成本"，成本太高，当下的收入又不如预期时，我们就会变得拘泥、谨慎、失落、埋怨。因为对过去依依不舍，因为对过去念念不忘，因为总是觉得现在不如从前，所以我们需要付出更多的回忆来稀释苦闷和不甘。

那时候的我是这样，现在的我依然如此，为什么过去了十多年，我依然对童小语情有独钟？是因为我始终活在过去，活在我的青春里，我在童小语身上付出了最大的成本，却再也没有收获过像她曾给我那样的爱情，所以我忘不了，放不下，所以一步三回头，每天都在回忆，回忆里全是她的好。

回到那时年少，面对童小语"判若两人"的变化，我越是紧张，童小语就越是冷漠，我越是付出，就对这份感情越是在乎。很快我发现即使我每星期都回去，依然无法让我们的关系回到我希望的那样，我做不到就此放弃，于是我只能加大投入，而除了彻底回到上海，我不知道我还能为这份感情做什么。

21

我很快向公司提出辞职，公司也很快同意了我的申请，就这样，我人生第一份工作算是草草结束了。

对于我的离开，最快乐的人当数那个上海老头，老头破天荒亲自下厨做了顿"最后的晚餐"，喝酒的时候一边煽情回忆同住数月的快乐

和温情，一边继续对我吹牛 ×，这个老头恬不知耻地说，一日为师，

终身为父，从此无论我身在何处，他都对我牵挂留念。我真的很钦佩

他的想象力，到底是什么力量让他可以颠倒黑白，信口雌黄？还是说

一直是我居心叵测冤枉了他？

　　我不明白，我发现我对很多事物的判断都出了问题，究竟什么是

对的？什么是错的？什么是好的？什么是坏的？什么是真的？什么是

假的？什么是合理的？什么是违和的？我通通不知道，我开始前所未

有地怀疑我自己。

　　我是在 2002 年 10 月 29 日离开苏州的，关于那天皇历上这样写着：

有雨，土黄用时，地官降下，忌远行，冲龙煞北，宜诵经解灾。

　　那天的苏州果然下了一场暴雨，从凌晨直到第二天下午，雨停后

我拖着全部的行李来到火车站时，突然感到内心深处有一股浓郁的悲

凉在缓缓蠕动。又是告别，告别这个我生活了半年多的江南小城，这

个我没有留下任何痕迹的城市，一如我告别生命中的很多人和物一样，

永远不会回来。

第八章

晃
晃
悠
悠

亲爱的朋友，你有过在黑夜游荡的经历吗？

如果你也找不到生活的方向，

我建议你去尝试一下，那感觉真的很爽……

WHEN WE WERE YOUNG.

1

　　回到上海后首要之事就是租个房子。或许是第一次太顺利，导致现在眼光很高，好的租不起，租得起的又看不上，对我们这些刚毕业的无产阶级而言，在租金考虑范畴内的房子大多是建于三十年前的老公房，要不就是 20 世纪初的石库门，几百个人共用一间公厕的那种。那些房产中介，染着黄头发的阿姨唾液飞溅地向我介绍各种各样的房型，认真的态度仿佛是给她们的女儿说亲，一个阿姨在看了我的打扮后很是慎重地向我推荐一个亭子间，用她的话说就是非常适合我，里面不但有一个老衣橱，还有一个马桶，可以随时满足我的出恭需求，条件简直不要太好。那个阿姨固执地认为我就是那种一骗就上当的白痴，激动得把唾液都喷溅到了我的脸上。而我在很有耐心地听阿姨说完全部的废话后才潇洒地对她说 bye bye，气得她对我直翻白眼。

我最终选择了一栋位于我们大学附近的老公房作为我回上海后的第一个落脚点，月租五百元人民币，房型一室户，厨房和卫生间三家合用。我的房东是一个四十岁左右的中年男人，一米八的个子，浑身肌肉，还留着浓密的络腮胡子。他有一个娇小美丽的妻子，看上去很像十年前的王菲，"王菲"有一双水灵灵的大眼睛，看人的时候还有点羞涩，他俩站在一起让我瞬间明白什么叫美女与野兽。

我把半年的租金一起付给"野兽"后他用力在我肩膀上拍了拍，用上海人特有的表达方式说这个房间刚刚装修过，里面的一切不要太灵。他特别暗示房内的那张席梦思床垫是全新的，睡在上面无论做什么高难度动作都会很爽，非常适合我这样年轻力壮火气旺盛的年轻人，说这些话的时候"王菲"一直很安静地站在他身边，间或配合地发出"咻咻"的笑声，然后深情地看着自己的男人，风情万种。

"小阿弟，接下来半年这房子就是你的了。"临走前那个中年人又用力拍着我的肩膀说，"你想怎么折腾就怎么折腾，当然了，别把我的床垫弄坏了。"说完他自己就哈哈大笑了起来，仿佛刚说了一个全世界最好笑的笑话。

2

　　我的邻居之一是四个安徽民工，他们背井离乡来到上海修建高楼大厦，除了水泥和黄沙，他们最热爱的就是歌唱，从工地回来后他们从不睡觉，而是扯着脖子鬼哭狼嚎。我的邻居之二是一对老年夫妇，那个老太很可能是女特务出身，因为从看到我的第一眼开始就用怀疑的眼神不停猥亵我的灵魂，那种眼神充满哀怨，让我担心自己是不是长得太像曾经抛弃过她的男人。那个老头无比热情，看到我犹如第一次看到人类一样，颤抖着个小身躯上前要和我热情地握手，他说他曾经位高权重，是上海政坛的一位风云人物，现在虽然老了，但是威风犹存，以后我遇到任何问题都可以找他，说完老头就让我先去给他修修已经坏了大半年的电视机。

　　我足足用了两天才清理好我的房间，其间我杀死了五六种可以让最胆大的女汉子放声尖叫的昆虫，我还在床下发现了几条色彩斑斓的男女内裤和至少两打使用过的避孕套，那些曾经洁白的精液现在已经完全变黄，只是不晓得它们的主人此刻在哪里继续淫荡。我把这些内裤和避孕套丢到门外垃圾箱的时候正好被那个热情的老头看到，老头仿佛很想就这些东西和我进行讨论，吓得我赶紧躲回房间闭门不出。

3

安定下来后，我重新做好了简历，复印了十来份，然后买了几期
《人才市场报》，找了些看上去合适的公司邮寄了过去。等消息的日子
百无聊赖，后来我在附近的一家音像店办了张会员卡，每天靠看碟片
打发光阴。有时候我也会去帝宫上网打 CS，凌晨才回家睡觉，一直睡
到傍晚才醒来，然后躺在床上听隔壁民工高歌"动力火车"。那几个民
工嗓音高亢，轻轻松松就把一曲《背叛情歌》演绎得酣畅淋漓。听完
民工歌唱后我会起床到楼下买瓶老干妈和几个大馒头，然后就着白开
水吃下去算作晚饭加夜宵。

4

如此颠三倒四地混了大半个月后我终于找到了一份工作——在普
陀区一家私营医疗器械公司做业务员，新员工培训时销售经理滔滔不
绝地给我们讲授所谓的销售技巧，一再强调这个行当的特殊性，我脸
上挂满微笑频频点头表示接受，心中却在想：废什么话啊，卖什么不
都是忽悠吗？

在这家公司我前后只忽悠了一个多星期，因为公司副总突然另起

炉灶，不但带走了公司的技术骨干，而且把所有业务都揽走了，总经理气得脑充血，差点当场死亡。没几天公司就宣布倒闭，财务给了我六百块钱算作薪水，然后让我卷铺盖走人。

也就是说，我又失业了。

5

对于我的回来童小语非但没有表现出惊喜，还不止一次地埋怨我不成熟，太冲动，这样做得不偿失，具体的明证就是在苏州我每个月可以拿到两千元人民币，可是在上海我连工作都找不到，要不是前段时间还攒了点钱，现在很可能在喝西北风。

我想"得不偿失"真是一个很好的成语，可以让使用它的人站在道德的制高点，掷地有声。只是童小语的这些话真的让我很难受，因为在我眼中我所在乎的只是和童小语的感情，我认为无论付出什么都是值得的，只要我们可以回到从前，可童小语看重的居然是钞票。我想，钞票是什么东西？用古代高风亮节人士的话讲就是"铜臭"，就是"粪土"，"粪土焉能和我们之间伟大的爱情相提并论？"结果我的这个观点又遭受到了童小语同学的猛烈批评："我不需要爱情，我就需要粪土，请你多给我一些粪土吧，有本事吗你？"

在童小语的叱责下我缄默无语，因为我确实没这个本事，事实似乎正在证明，我比我担心的还要不堪，那些年少时的梦想和诺言，通通成了笑话。

童小语并没有因为我的态度良好停止愤懑，而是继续数落我："苏扬，你口口声声说你爱我，可是你真的有想过我们的未来吗？你知不知道在上海买套房要多少钱？你知不知道要把一个孩子培养大又需要多少钱？你知不知道我爸爸妈妈是如何看待你这样的外地人的？你知不知道我们之间究竟有多少阻拦？你知不知道我现在心里究竟在想什么？"

童小语还说："你什么都不知道，你总是把生活想得太简单。"

6

一天童小语突然性情大变，约会时非但没有心不在焉，而且对我百般挑逗。对此我感觉非常不适应，长期处于压抑状态中的我身上已经养成了奴性，我请童小语"正常"一点，否则我会害怕的。童小语丝毫不体恤我的不安继续对我温柔无限，而我则犹如一尊铜像般始终无动于衷，童小语玩了一会儿估计累了就把头埋在我的怀里和我讨论爱情：

"人家都说初恋是有缺陷的，可为什么我的初恋会这样完美呢？"

"有吗？我怎么觉得乱七八糟好多事呢？"

"已经很好了。"

"或许吧，那你是喜欢完美还是喜欢残缺？"

"我什么都不喜欢，我只想把该经历的都经历一遍，不留什么遗憾。"

"我想我能明白你的意思，可是你有没有想过你的这个想法会伤害爱你的人呢？"

"那又怎样？我首先应该尊重自己的内心啊！"童小语正色看着我，"苏扬，我知道你对我很好，我也很感动，可不是说你对我好我就一定要同样对你好，不是你为我付出就要求我同样为你付出的啊！"

我也认真地对童小语说："你这些话只在一种情况下成立——你不再爱我了。"

"我不爱你了吗？"

"我怎么知道？那要问你自己，问你的心。"

童小语眼神黯然了下来："我也不知道，我只知道，现在的爱和我想象中的越来越不一样了。"

为了延缓这难得一次的对话，我尽量使自己的情绪看起来没有波动，继续循循善诱："那么问题来了，你总是将现实和自己的想象对比，这其实不合理，也不可取，因为想象再美好，也永远无法替代现实，我们更不能用想象指导现实，而是应该用现实修正想象。"

"嗯，我承认我是一个活在想象中的人，可是你没发现你其实和我一样吗？只是你没有意识到而已。"童小语没有反驳，继续慢条斯理地说，"你总是说我很天真单纯，像小孩，你总是说我内心善良，很美好，你总是说我教会了你太多，让你变得更成熟，这些其实都是你的自我暗示和催眠。你那么细腻，还很敏感，不可能感受不到我对你的变化，可你还努力维持着和原来一样的投入和付出，就是因为你想象出了一个完美的我，我真有那么好吗？我觉得我没有，因为我们都太过依赖自己的想象，又对现在的拥有恋恋不舍，所以我们活得都很累，不是吗？"

坦白说，童小语的这些道理并不足以说服我，但是这些话从她的嘴里说出来还是让我很震惊，她怎么能说出这些形而上的话呢？我突然意识到至少有一点她是对的，我并不真正了解她，我的自我意识太强大，强大得重新构建了她，所有我喜欢的我都继续保留，而我不喜欢的，全部屏蔽，所以我总是太过强调自己在这份爱情中的付出和不容易，这也的确不可取。

7

11 月中旬，童小语突然告诉我陈菲儿怀孕了，对之我并没有表现出任何惊愕，反而轻描淡写地说这是自作孽不可活，顾飞飞和陈菲儿这两个浑蛋从第一次做爱开始就从不做任何措施，到现在才出事简直是奇迹。

"这些风凉话你就别说了，现在该怎么办呢？菲儿都急死了。"童小语觉得我的态度很不诚恳，应该批判。

"要么生下来，要么去医院，还能怎么办？"

童小语白了我一眼："算了，问你也白问，你这人就是冷漠。"

为了稳定军心，顾飞飞送陈菲儿去做手术的那天特地叫上了我、童小语，还有另外一个我不认识的女孩子，据说是顾飞飞的同学，因为有过两次堕胎经验而被顾飞飞聘为顾问。

我们一行五人声势浩大地向虹口区妇幼保健医院进发，一路上有说有笑，有唱有闹，那情形不像是去打胎，而像是去参加一个 party。特别是陈菲儿和顾飞飞显得尤为兴奋，这两个不知天高地厚的浑蛋居然大声讨论说要给肚子里的孩子取个名字，陈菲儿还特有创意地问："如果是双胞胎那该怎么办？"

"真是太神奇了，想不到我差点就可以做爸爸了。"顾飞飞一边和陈菲儿打闹一边感慨。倒是童小语显得很紧张，不停地小声对我说："很疼的。"

"你怕什么？和你没关系。"我拉紧童小语的手，她的手冰冷，不晓得是风吹的还是给吓的。

"你不会也让我怀孕吧？"童小语小声问我，满脸的惶恐，"这种手术对我们女孩子伤害很大的。"

"当然不会了。在你嫁给我之前，我绝对不会让你受到这种伤害。"我信誓旦旦地说。

"我会嫁给你吗？"童小语突然问。然后不等我回答，她说："反正我以后不想和你做爱了，我真的好害怕。"

8

11月底童小语突然想突击学习英文口语，说要报一个名叫"EF"的培训班。我陪童小语去咨询时，一个老外操着半生不熟的汉语说他们拥有全世界最庞大的英语学习机构和最为丰富的英语教学经验，他们的学员遍布世界各地，参加他们的培训可以让对英语一窍不通的人在最短的时间内熟练掌握口语技巧，说得跟传销一样。对此我自然嗤之以鼻，可童小语立即对这些动人的描述表现出了极大兴趣，她只想到过个一年半载就可以用英语说话，根本不去考虑这很可能是一个美丽的谎言，于是立即兴高采烈地回家问妈妈要了三千元人民币，然后报了一期的班，任凭我如何进谏，都无济于事。忠言逆耳，童小语对我的意见不屑一顾，并且说她以后要好好学习，没时间专门出来陪我了，我要是还想见她，就只能每星期六下午四点到浦东等培训班放学后送她回家，我们所有的恋爱只能在公交车上完成。

童小语说："浦东蛮远的，如果你不愿意就算了，反正我一个人也好回去的。"

我说："愿意，我不要太愿意啊！别说浦东了，就是天涯海角我都愿意。"

9

11月中旬，"榕树下"突然招编辑，我立即报了名，经过一番折腾后顺利入选，从而开启了我如梦似幻的文字工作者生涯。

"榕树下"位于北京西路的一幢高档写字楼内，一棵水泥做成的硕大榕树枝繁叶茂，上面还嬉戏着几只能叫会动的假鸟，整个办公区郁郁葱葱，感觉很像伊甸园。同事们都以网名示人，安妮宝贝坐在最里面的房间，那时候她正主编一本电子杂志，烟灰缸里总是堆满了细细长长的 520 烟蒂；西装笔挺的李寻欢总是表情肃穆，好像永远都在操心天下大事，让人敬而远之；和他形成鲜明对比的是宁财神，成天嘻嘻哈哈晃来晃去，像个大孩子……这些原本只能从媒体报道中看到的人物突然活灵活现地坐在你身边，那感觉相当奇妙。

我的工作职责是审阅网友投稿的爱情故事，每天看稿量三百篇左右，一天下来头晕目眩，提到爱情就反胃。由于阅读了大量"奇形怪状"的狗血爱情故事，自身情感观也逐渐混乱起来，有时候感觉自己已经看透世间所有爱情的本质，立地成佛，有时候又觉得什么都看不清什么都不明白，如此反反复复，人被折腾得憔悴不堪，内心世界更是接近病态。

10

和我一起进去的几个人大都具有症状不轻的神经质，经常会做出一些让人匪夷所思的举动，其中一胖一瘦两个哥们最为"奇葩"。

胖子面相憨厚，性格懦弱，爱好诗歌，崇拜海子，总是说主动寻求惨烈的死亡是一个诗人成就最高的作品，因此有朝一日他会从上海最高的金茂大厦楼顶跳下，在重力加速度的拉扯下展开身躯，以微笑的表情迎接大地的召唤，最后摔成一摊血肉，犹如绽放的花朵，

美极了。他如痴如醉描绘的样子让我明白他绝非开玩笑，或许这正
是他活着的终极梦想，每个沉默的人都要牛 × 一回，让世界为之
注目。

　　瘦子是一名虔诚的基督徒，成天不好好工作，而是不知疲惫地向
我们布道，希望我们和他一样热爱耶稣。讲到动情处会唱歌还会流泪，
那是我第一次近距离接触有宗教信仰的人，他表现出的力量让我为之
震惊和感动，我想他一定很幸福，因为心藏大爱，所以对生活有恃无
恐，因为信仰坚定，所以永远目光炯炯。这和毕业了一无所有怀疑一
切的我正好形成了最鲜明的对比。

11

　　我们在"榕树下"一共干了两个月不到，元旦前不久这家网站突
然宣告被卖了，几乎所有员工都对此一无所知，大家都很伤心，觉得
纯真的情怀被伤害了，散伙前喝了顿大酒，并且集体买了条红内裤送
给老板，祝福他从此红运"裆"（当）头。

　　酒至酣时，胖子突然泪流满面向我们告别，他说他决定离开上海，
前往北京。他说在那里有成千上万个和我们一样的文学青年，在那里
我们都不会迷路，不会被恣意抛弃，像个无家可归的孩子。

12

2002 年的元旦来得有点让人不知所措，时间怎么走得那么快，时间都去哪儿了？转眼我就毕业一年半了，为什么还在原地徘徊？究竟还要经历多少挫折才能真正往前一步？还是说我原本不过如此，这辈子只能这样了？

就在我感伤不已之际，童小语突然告诉我她准备去澳大利亚了，童小语参加的是 EF 组织的冬令营，在缴了三万元人民币后她拥有了一次到澳大利亚看袋鼠的机会，就连春节也要在那里过，对此童小语非常自豪，因为报名的人非常多，她通过了好几轮面试才获得的机会，对此我已经懒得再说什么，只是送上真挚的祝福。

童小语说这些话的时候是下午四点左右，我因为再次失业只能依靠睡觉打发时间，迷迷糊糊中接到童小语电话说她已经到浦东国际机场了，再过几个小时就会登机飞往大洋彼岸，我迟疑着问她要不要我立即过去送别，时间应该还来得及。童小语拒绝了，童小语说她本来连这个电话都不想打，可思来想去觉得不大合适，不过她没有其他意思，就是告诉我一声。

我"哦"了声，然后说："知道了，谢谢你还记得我。"

"苏扬，别这么说。"童小语的声音听起来有点伤感——或许并没有，只是我一厢情愿地以为——我强打精神，故意调侃："我说真的呢，如果你不告诉我，我肯定还想着和你联系，可怎么都联系不上你，肯定特崩溃，所以谢谢你是应该的。还有你到了国外一定要好好照顾自己，别那么任性了，也别成天想着玩，你好好和外国人相处，爱劳动，讲礼貌，别给咱中国人丢脸……"

"你可真烦，都什么时候了还是这么不正经！"童小语轻叱，"好了，不和你说了，我要安检了。"

童小语挂了电话后我却紧紧攥着手机不知所措，过了好半天才回过神来，深呼吸了两口，艰难地闭上眼睛，决定继续睡觉，可翻来覆去怎么也睡不着，我想，这会不会是一场梦呢？于是拼命咬了咬舌头，很疼，可是我还是觉得这只是一场梦。

13

童小语去澳大利亚后我们就一直没有联系过，唯一收到她的消息还是农历新年那天她在地球那边用英文发给我的，大体意思是祝我新年快乐，新年交好运。我觉得这个祝福不太可能实现，于是想用英文回过去，可想了半天实在不知道该怎么表达，于是作罢。

童小语3月份从澳大利亚回来后依然没有联系我，当然我也没有主动联系她，我就当她出国了，再也没有回来，反正结果都一样。

<h1 style="text-align:center">14</h1>

4月的一天晚上突然停电了，黑暗中我在床上躺了会儿，觉得心浮气躁，最后决定到网吧上网。网吧里一帮男女混混，正在用世界上最肮脏的语言通过网络问候对方的母亲，几个杀马特边打 CS 边高声号叫，仿佛他们真的在杀人，更多的人沉浸在《传奇》或《暗黑》里做着他们的英雄梦，网吧里一片其乐融融，幸福感爆棚。

我没心思聊天，也不想打游戏，就一个个网页漫无目地看着，心情却越来越沮丧，简直怀疑自己得了抑郁症。没过多久手机突然响了，我一看，居然是童小语，当场觉得有点头重脚轻，于是立即揣着七上八下的心跑到外面接听。

外面风很大，也很冷，天地间一片萧瑟悲凉之意。

电话里童小语先是一再强调她这次出国后强烈感受到了国内生活水平和国外的巨大差距，童小语颇为激烈地批判说现在国人的生活太落后了，她要好好努力，将来一定要到国外定居。我没心思听童小语讲这些废话，就问她给我打这个电话到底想表达什么。童小语愣了一下，然后对我说："我觉得现在把精力浪费在感情上面很傻的，而且我以后不可能留在上海，所以我们之间是不会有结果的。"

我"嗯嗯"地发出两声，表示我还活着，提示童小语继续。

"苏扬，我们分手吧，以后你不要再和我联系了，我不想受到任何打扰。"

"嗯嗯。"我又回答了两声，然后迅速挂断了电话。

我想这句话终于等来了，此刻的我是不是应该很悲伤呢？可我并没有出现想当然的伤心欲绝，我的坚强远远超出我的想象，我只是有点心疼，我想其实我早就接受分手的事实了，现在又何必说出来呢？而且是那样一个荒唐可笑的理由，就算你不说，我也不会去打扰你的啊！

总之，那是我和童小语的最后一次通话，是那样意外，那样草率，也没有任何仪式感，和我想象了千遍万遍的告别截然不同，这真的挺让人郁闷的。

15

我失恋了。

是的，尽管我一万个不愿意面对，但我真的失恋了。

失恋的头几个晚上我天天听《忘忧草》，听到伤心处难免落泪，这才觉得歌词写得真的很好。

其实不光这首歌，很多原来听着无感的歌现在都觉得于我心有戚戚焉。

像《过眼云烟》《推翻》《笑忘书》《不管有多苦》《梦醒了》《分手快乐》《唯一》《天黑黑》《温柔的慈悲》《我爱的人》《搁浅》《不一定》《让风吹》《多久多少》《门》《淡水河边的烟火》《Because I Am A Girl》《Down By the Salley Garden》，这些歌通通听不得，听到就难受，憋屈，想哭。

也就是从那时候开始，我发现自己突然开启了一种新的感受能力，那就是无论看到什么事都能和自己的境遇联想到一起，而且天衣无缝。

比如在路上看到条野狗，瘦骨嶙峋，在车流中四处逃窜，我会觉得那就是我；比如在菜市场看到砧板上待宰的鱼，我也会觉得那就是我；至尊宝失去了他的紫霞仙子，孤零零站在日落时的城墙上，我还是觉得那就是我。

这种感觉，糟透了。

16

4月底，我搬离了那栋老公房，房租太高了，我已经失业了好几个月，实在负担不起。

　　我的新住所是一间位于虹口区的地下室，我在里面度过了终生难忘的六个月。

　　地下室位于一幢二十六层高的居民楼地下二层，里面弯弯绕绕有不下五十间房，每间房面积不超过十平方米，没有卫生设备，也没有厨房，方便要到二十米外的一间公厕，洗脸要到厕所旁的公共水房，洗澡就只能站在厕所里用水冲。至于煮饭做菜就在过道搭个台子放上电炉电炒锅，每到饭点时整个地下室楼道都弥漫着各家各户排出的油烟，浓度高得能让你中毒身亡。

　　我的房间位于地下室的最里面，原来是整幢大楼的配电间，里面有着大大小小数不清的电表和错综复杂的电线电闸，没人知道这些电线的电压有多高，反正以前严禁人员出入。但物业管理人员为了多赚几个喝酒钱还是潇洒地打开了大门欢迎房客入住，他们想当然地认为不会有人傻得用血肉之躯去摸那些高压电线，就算不小心摸到了也和他们没有关系，因为每个住进去的人都要和他们签订一份协议，里面有意外触电死亡不追究他人责任的荒唐条例。只可惜大多数人还是有科学常识的，知道住到那个房间就等于一只脚踏进鬼门关，虽然房租很便宜，一个月只有二百块钱，但还是不敢轻易尝试，因此那间房空了很长一段时间。当我对满面油光负责地下室出租的物业管理人员说愿意搬进去，并且一次性付清半年房租时，那哥们真以为自己遇到神经病了。

其实那间房除了电线电表多了点，以及正中央有个大大的鼓风机外，其他都还能接受，唯一让人遗憾的是这间房控制着全大楼的电力，自己却只有一盏二十五瓦的白炽灯，开和不开基本上没太大区别，最要命的是白炽灯的开关还隐藏在床头一大堆电线里，得伸手在电线里摸上半天才能找到。我疑惑地问管理人员这样会不会触电，对方白了我一眼说当然不会了，以前住在这里的人都用这个开关，不是都没死吗？我折服于他的逻辑，只好闭嘴，然后独自在床上坐了会儿，心情有点悲伤，又有点莫名的恐惧，赶紧到外面转了一圈，见到了太阳，呼吸到了新鲜空气，这才安了心，重新回到地下室开始收拾房间，我随身带的东西并不多，只有一台笔记本以及少许书和衣服，捯饬起来很快，又到附近一家超市买了点生活用品，然后正式开始了地下室生活。

这幢居民楼隶属上海外国语大学，里面很多住户都是上海外国语大学教职工，因此经常可以看到一些戴着眼镜的老头老太出入大厦。他们都是高级知识分子，警惕性很强，经常用复杂的目光注视着我们从地上走进地下。上海外国语大学就在不远的大连路上，只要穿过一段狭窄的弄堂和高高的轻轨就能到达。我经常到外国语大学里转转，看看篮球场上欢呼雀跃的男生，捧着书静静走路的女孩，以及食堂里互相喂对方食物的恋人。

我真的很庆幸我和童小语已经分手了，否则我都不知道如何让她面对我现在粗鄙的生活，不堪的一切。

17

我的房间里一共有四只老鼠，这是我某个夜里的重大发现。那天我睡得迷迷糊糊，突然听到床对面的碗柜上沙沙作响，似乎有活物正在打架，我本不想理会，无奈声响越来越大，最后严重滋扰到我本来脆弱的睡眠。我把手伸到一大堆电线中乱摸了好一会儿，才找到开关打开那盏二十五瓦的白炽灯，在昏暗的灯光下就看到碗柜上一字排开四只脏脏的老鼠。我趴在床上盯着这四只老鼠看了会儿，老鼠也看着我，小眼珠子转来转去，双方如此对视了片刻，彼此都没什么动作，良久我长叹一口气，然后把电灯关掉了，继续蒙头大睡。

以后的日子里我和这四只老鼠经常不期而遇，久而久之倒也成了不错的伙伴，我不怕老鼠，老鼠更不怕我，经常是我在写作时四只老鼠就在房间里上蹿下跳，我只求老鼠别把屎尿弄到床上就成，有几个小动物闹腾倒也不会显得寂寞，就这样大家相安无事共度半年光阴，一起走过的日子颇值得怀念。

当然，地下室里不但有老鼠，还有数不清的无脚或多脚爬虫，只要你认真观察，你会在那间地下室内找到很多你以前听都没听过，长得奇形怪状的小虫子，简直就是一个昆虫世界。比如说我有一次整理床下面的纸盒时，就发现了好几种身体长长、颜色红绿相间的甲虫，每条甲虫最起码有一百条腿，这些甲虫见到我居然还昂着头仿佛要攻击我。还有一次，我突发奇想把饭桌后那块塑胶布扯开后就发现一种有着长长触角和窄窄翅膀的小飞虫，这种小虫子黑压压爬了一墙，我当时头皮发麻腿发软，然后默默把塑胶布盖上，祈求这些哥们千万别发火，我保证以后再也不打扰它们的生活。

地下室里最多的当数鼻涕虫。鼻涕虫倒不可怕，相比前面提到的甲虫和飞虫，鼻涕虫简直太亲切了，只是这鼻涕虫的数量也未免太多了点，无论在桌上，还是在床下或门后，我总能轻而易举发现那些白白的、肥肥的恶心家伙，它们慢慢蠕动着，然后在肥硕的身体后留下一条清晰的痕迹。

就是这种可以让世界上最胆大的女人放声尖叫的东西，却一度成为我最好的玩伴。实在无聊时，我就会捏起一只鼻涕虫，然后用打火机对着鼻涕虫烤一下，就见鼻涕虫身体裂开一条缝，然后外面的壳慢慢脱了下来，接着从壳里掉出一条小点的鼻涕虫，然后再烧一下，鼻涕虫又脱掉一层壳。就这样每烧一次就脱一次皮，到最后鼻涕虫只剩下一点点，居然还在蠕动，这时再烧一下，就听到扑哧一声轻响，鼻涕虫消失了，化为一阵轻烟。

"哈哈。"我看着消失的鼻涕虫突然大笑起来。"我他妈是不是太无聊了？"我问自己，"可是我他妈真的不知道还能干什么！"

我记得最多的一晚一共烧了八十条鼻涕虫，从傍晚一直烧到清晨，一边烧一边哈哈大笑，像个真正的白痴。

18

地下室里看不了电视，却可以收听广播，每次睡觉前我总要听会儿 FM101.7 播放的"夜倾情——今夜不太晚，相伴到黎明"，这节目做得可真不错，女 DJ 声音挺迷人，在黑暗的地下室里听上去别有一番滋味。女 DJ 总让人们相信爱情，她说这是一个有爱的城市，所有孤独的孩子都有糖吃。可我总是认为这个女人在撒谎。"如果让你最爱的人抛弃你，看你是否还会这样理直气壮！"

地下室里的居民包括下岗工人、流浪汉、通奸者、小偷和抢劫犯……这些人白天在阳光下神气活现，一到晚上全消失在地下，不再吭声，没人知道他们的喜怒哀愁，也没人关心他们是否有衣穿，是否有饭吃，因为上帝很可能遗忘了在地下居然还生活着这么多形形色色的人。

地下室不但阴暗，而且潮湿，冬日和早春还算可以，因为干燥。梅雨季节很快来了，地下室开始潮湿起来，总有莫名其妙的水渍出现在地面上，而各种奇形怪状的小虫子也开始展现出旺盛的生命力，从罅隙中纷纷爬出，伸展筋骨，很快地下室所有的墙上都爬满了黑压压的小虫，让路过的人不寒而栗。

在那些潮湿的日子里，能够晒一次被子简直是人生最大的奢望。

19

我对面房间住的是一对年轻的夫妻，男人长得白白净净，戴着金丝眼镜，留着平头，看上去文质彬彬，成天穿着个白衬衣，像个白领，不过据可靠消息说此人只是江西过来的一个打工仔，依靠修电梯维持生计。他的爱人是他中学同学，是个不折不扣的美女，长相酷似林青霞，身材堪比林志玲，烫卷了头发，眼神迷离，十米外就能闻到她身上散发的浓郁香味，如果说她是某某总裁的小蜜，绝对不足为奇，可事实上她只是在某个酒店做服务员，白天站在宽敞明亮的大堂对人微笑，晚上却和其他丑陋的女人一样站在厕所里洗澡，看着黑黑的小虫围着她洁白的裸体飞来飞去，嗡嗡作响。

　　这对小夫妻总吵架，因为住在对门，所以我大体知道他们战斗的原因，无非是女的说自己瞎了眼，跟这个男的来上海过这种牲口般的日子，现在她每天受尽冷眼，简直比小姐还可耻，如果上天可以给她重来一次的机会，她宁愿在当地混吃等死，也不要到这个城市来受罪。

　　女人骂得声泪俱下，男人也不甘示弱，男人怒叱女人目光狭隘，怎么能对他的未来心存怀疑，因为他天生注定是大富大贵之命，等过些日子一定会发大财。现在苦点累点只是上天对他的考验，如果她无法忍受，就请她立即滚蛋，等他发达了自然会有 N 多少女蜂拥而来。两人都说得有理有据，充满自信，彼此将唾沫喷溅到对方脸上，用难听的污言秽语诅咒对方爹娘。而吵架的最后通常以一种足够悲情的方式结束，作为战争的主人公，他们都泪流满面，互相忏悔自己的罪。女人说无论如何我都爱你，永远都不会离开你，就像当年全校那么多男人追我，可我独爱你一人，我既然选择了你，就会等到你功成名就的那一天。男的也流着鼻涕说谢谢，他会继续努力，一定要赚大钱让她成为最幸福的公主，画风转变之大让你以为在看肥皂剧。

　　抒情完毕后两人就会做爱，刚才的争吵成了最完美的前戏。破旧的门窗根本无法阻止那对男女嘹亮有力的呻吟，面对春光外泄，他们只会感到更加刺激，完全忽视了对门一阳刚小伙也就是我的感受，每晚我就在他们的叫床声中安然入睡，再看着身边那四只老鼠，觉得这种生活多少有点问题。

只是这个世界上最美丽的誓言和最虚伪的谎言一样经不起推敲，三个月后那个女的突然离开了自己的男人去寻找新的幸福，有人说她跟酒店一位经理私奔了，现在正在丽江享受灿烂千阳，也有人说她就在上海古北地区，从事服务行业，还有人说她对生活绝望，早跳了黄浦江，前两天从江上捞出来的那个面目全非的尸体就是她。真相永远不得而知，而那个男的依然平静地在地下室生活，淘米做饭，放声高唱，丝毫看不出任何悲伤。

我曾经去过一次那小伙子的房间，当时他的女人还在，小伙子的电脑坏了请我去修，我一进门就看到雪白的墙上歪歪扭扭写着一句话：夹着尾巴做人。我修好电脑后问那小伙子这话什么意思，小伙子瞪着眼睛说："在上海，就要像牲口一样，夹着尾巴，苟且地活着。"小伙子说这话时很激动，等平静下来拍拍我肩膀说："哥们你还小，所以你不懂，所以你还是幸福的。"我点点头，对小伙子笑了笑。说这些话时，那个美丽的女人正坐在床上修指甲，哼着一首无人知晓的情歌，从头到尾都没看我一眼，仿佛她很快乐。

20

几乎每个凌晨我都会从梦中惊醒，然后再也睡不着，我会走出地下室，到外面荡一会儿，白天人太多，我找不到自己，只有在夜里路上才会变得空旷安全，仿佛只属于我一人。我可以对着黑暗微笑，对着楼房敬礼，对着身边飞驰而过的汽车鞠躬，我是那样自由自在，灵魂无比轻松。黑夜是最好的保护色，在黑夜里所有流浪的孩子都能找到梦中的家园。

亲爱的朋友，你有过在黑夜游荡的经历吗？如果你也找不到生活的方向，我建议你去尝试一下，那感觉真的很爽。2003年的夏至未至，如果你在虹口区的午夜遇见我，我保准会这样对你说。

21

在地下室生活的半年内，我身上发生了不少事，比如摔断了腿，经常整天不吃饭，瘦了十八斤，头发变得很长很长。我又换了四份工作，失业成了家常便饭，我经常被人嘲讽，内心变得无比坚强。我的眼睛越来越怕光，在太阳下会莫名流眼泪。有工作的时候我拼命干活，借此忘掉忧伤，周末只能忍受寂寞，如死人般地躺在床上，不吃不喝，度过整个白天，到夜里再出去游荡。我还写了很多小说，和以前的风格大不一样。有时我觉得时间过得很快，更多的时候我还是觉得时间很长很长。

离开地下室时已是 2003 年 10 月，天气不那么热了，又是一个秋天如约而至，真不知道这个秋天会发生怎样的故事。我站在 10 月的阳光下，有点刺眼，眼泪很快流了出来，还有点恍惚，犹如经历了一场春秋大梦，梦里不知今夕是何年，所幸一切都还好，我回头看看生活了六个月的地下室，深深呼吸了一口新鲜空气，然后对自己说——

"你把这辈子最痛苦的生活经历过了，从现在开始你要比任何人都幸福。"

尾 声

再见上海

童小语……我还喜欢着你。
我把我所有的情感都转化成了文字，
埋进了我的血里，骨里，灵魂里。
我知道你一定会看到，读懂，
从此无论你在天涯何处，都宛如在身边。

WHEN WE WERE YOUNG.

1

如果用一种高屋建瓴的态度来总结，童小语的离开对我的影响可谓异常重大，首先是彻底改变了我对生活的态度，在分手后的大半年内我强烈感到生活无聊、性欲减退、神经麻木，并且多疑多虑、易骄易躁。另外童小语的离开还促使我经常去思考一些没有什么意义的问题，比如——

1.什么是人生?

人生就是一个臭水沟，偶尔冒出几串肮脏的泡泡，算作高潮。

2.什么是爱情?

爱情绝非情投意合，而是门当户对，以及彼此的需要，短暂的激情一文不值，值得唾弃。

3. 什么是婚姻?

婚姻就是还债，结婚前谈恋爱犹如赚钱，然后等结婚后慢慢还，直到还清了，也就离婚了。

类似这种有点龌龊的思考还有很多很多，在此就不一一罗列了，我并不认为这是我病态的表征，相反，我为我思维前所未有地活跃和开明而感到庆幸。所以，很多时候我会感到我是光荣的，因为我开悟了，活明白了，懂得不争了。我强烈认定世上很多事情冥冥之中早有定数，人生犹如一幕情节和结果都已排练好的话剧，只等上帝一声令下，我们就开始敲锣打鼓，粉墨登场，有的人演的是悲剧，有的人演的是喜剧，眼泪流多少，不知道，笑到什么时候也不知道，当最后累了、倦了、麻木了，灯光变暗，大幕拉上，开始散场。

2

很长一段时间，当我反思我和童小语的情感历程时，我都深深认为我除了油嘴滑舌外，再无特点，童小语之所以会喜欢我，完全是鬼迷心窍，因此她后来离开我，无比英明，我应该为她的聪明果断放声歌颂。

每每想到这里，我就倍儿辛酸，没有什么比自我否定还残忍。

你不是租房子吗？你不是住地下室吗？你不是骑自行车吗？你不是吃五块钱的盒饭吗？你不是工资一千五吗？这还是税前的，你有什么呀？就你这副臭屌丝样还配童小语喜欢，我呸！

3

从童小语离开我的那一天我就决定留发蓄须，2003年年底的时候我已经扎起了辫子，蓄起了胡须，我相信如果童小语看到我一定会觉得我很酷。

在对待很多事物的态度上我都采取了这种精神暗示法，我总是自欺欺人地对自己说，如果童小语知道了肯定会觉得我的做法是对的，然后我居然就真的获得了继续去做这事情的动力。事实上，很多时候我都强烈觉得童小语其实并没有离开我，她只是到她亲戚家住几天，她只是出去旅游了还没回来，她只是犯错误了被她妈妈管了起来，总有一天她会活蹦乱跳地站在我身边，对我灿烂微笑，和我深情拥抱。

4

分手后我一直渴望和童小语能够再相逢，为此我去得最多的地方就是虹口足球场，只要有空就会骑车在那一带瞎晃悠，我渴望能够在那里和童小语不期而遇，虽然我也知道这样的概率趋向无穷小，我学过数理统计，知道"小概率事件不可能发生"这个基本逻辑，但是看着那些我和童小语一起触碰过的树走过的路，我的心就会变得很踏实。有时候我也会骑到童小语家和学校附近，找个隐蔽的地方待上一会儿，闭着眼睛回忆着我们的从前，点点滴滴。

让我郁闷的是，在这两个地方我居然也从来没有看到过童小语。

5

说到见面，分手后我一共见过童小语两次，一次就是在顾飞飞生日时，结果又受了打击，还不如不见。还有一次我坐车去浦东，天下着蒙蒙细雨，我乘坐的那辆公交车刚过杨浦大桥从河间路下行的时候遇到了严重堵车，车里的人个个怨声载道，纷纷斥责政府无能。我无心讨论国家大事，于是塞上耳机听调频立体声的音乐节目，结果本来还可以的心情被那个特煽情的女 DJ 弄得悲伤无比，于是我以一种忧伤的姿势抬头从车窗向外看去，然后就发现旁边一辆大巴上靠窗坐的女孩子很像童小语，一开始我觉得是自己看花了眼而没有在意，我又听了一会儿音乐，突然想起什么似的赶紧打开车窗，于是我发现那个女孩的的确确就是童小语。我们之间的距离真的很近，一尺不到，可是隔着这窗这雨就隔了整个天涯。我想叫她却不敢，只能贪婪地看，她始终没有发现身边的我，我期盼这车可以永远堵下去，可很快前方道路就疏通了，我们的车子也慢慢交错驶过。

6

和童小语分手后我不间断地通过顾飞飞从陈菲儿那里打听有关她的一切，我知道童小语考上了哪所大学，学了什么专业，我知道童小语每一次生病的时间，每一次考试的分数，知道她又对哪个男生产生了好感，她的手机换成了什么型号。

陈菲儿告诉我2003年11月童小语开始了一段新恋情，对象是一个军人，长得浓眉大眼，孔武有力，帅气得像王力宏。

童小语是在大学军训时认识她的现男友的，当时他是教官，童小语第一眼看到他的时候就觉得被电了一下，军训之后主动搭讪要了他的联系方式，然后约了人家出去玩了几次后就表白了，结果还真成功了，于是童小语又陷入了新的恋爱中，幸福得不得了。陈菲儿说童小语现在最大的愿望就是过两年等自己毕业了就嫁给她男友，然后为他生个大胖小子，陈菲儿还说童小语现在过得很幸福，让我不必担心，如果我还爱着童小语的话，请为她祝福。

7

再后来，我就没机会知道童小语的事了，因为陈菲儿和顾飞飞也分手了。

8

从地下室搬出后仿佛时来运转，之前创作的小说陆续在全国各大期刊上发表，稿酬加起来竟然有不少，反正我对生活要求已经很低，只要能养活自己其他都不重要，于是决定不再找工作，安心全职写作。

我计划将我和童小语的故事写出来，我记得童小语说过希望我有一天能够出版自己的书，我答应过她，现在就是兑现的时候。

我开始闭门不出，没日没夜地写，写着写着就笑了，写着写着就哭了，写着写着就不想写了，觉得不过如此，写着写着又兴奋了，因为通过这种方式可以和童小语再次相遇。

我要和回忆赛跑，在我们的故事被时间风化前，原封不动地将之记录下来，我要把这本书送给童小语，这将是我能够为她做的最好的事。

9

虽然我已经做了足够多的准备，但这部小说的创作还是远远超出了我的预期，全文不过十万字出头，可我写了一年多，最后一个字写完时已经是 2004 年年底了。所幸出版还算顺利，彼时"80 后"的概念正如火如荼，我几乎没有费太多周折就找到了一家国有出版社，半年后，我的第一本书《再见，上海》正式面世，全国发行。

我还记得从邮政局取回样书时的激动心情，仿佛自己再次拥有了全世界，并且找到了活着的意义，存在的价值。

那真是毕业后最开心的一天。

10

我几乎是迫不及待地将书送给了童小语，结果如文前所述，被她否定，并且指责。

我真是觉得自己愚昧至极，忙活了这么久，换来的却是这番境地。

伤心也好，不甘心也罢，接下来我该干吗？

我突然想到"榕树下"的胖子同事，也不知道他在北京混得如何，于是赶紧发短信问候，短信如同石沉大海，后来打过电话，发现早已停机。

再后来，有北京的朋友说，胖子后来感情受挫，得了抑郁症，真的跳楼走了。

朋友还说：我们现在正在捯饬一个偶像剧剧本，有钱没名，你要有兴趣，速来。

我回：等我。

11

到北京后，我很快开始了编剧生涯。那部偶像剧改编自一部特别畅销的韩国青春小说，本以为有书了不难写，结果前后整整折腾了两年，其间换了三个导演，四个监制，光编剧就走了十来个，就我始终坚守着，生生从枪手变成了第一编剧。

倒不是我踏实，实在是没有其他出路。

剧本写好后我拿着稿酬在呼家楼租了个单间，白天写作，无聊的时候就边抽烟边看着对面如火如荼施工的央视新大楼。

我眼睁睁看着这楼平地而起，又眼睁睁看着它被一把火烧成灰烬，像极了我们的人生。

晚上我会呼朋唤友，山吃海喝，那时候的串五毛钱一串，"普京"

一块五一瓶，随便找个烧烤摊，拿个小马扎，蹲在马路牙边就能开吃，边撸串边吹牛×，日子过得相当滋润。

12

2007 年，我重新开始上班，在一家图书出版公司，当见习编辑。

或许是走过了太多坎坷，让我洞察人性，或许是卖过保健品，让我习惯营销先行，又或者我本身就是作者，让我对文字得心应手。总之做出版我很快就做得风生水起，策划了一大波畅销书，俨然成了行业新星。

2011 年，入行第五年，我已经掌握了丰厚的出版资源，对图书也有了独特的理解，我决定将《再见，上海》再版，换名为《那时年少》，并将之打造成了畅销书。

也因此，童小语再次出现在我的生命中。

13

从 2012 年到 2015 年，我们每年都会相见一次，每次都像老朋友一样聊聊天，吃吃饭，然后挥手再见。

　　本来我以为这将会是我们的相处模式，挺好，我也很满足。直到
2016 年她突然告诉我她已经离婚，并且决定去世界各地旅行，找回曾
经的自己。

　　我知道她想要什么，每个人的成长都是一场自我寻找，只是我依
靠的是文字，她依靠的是远方。

　　我们都是念旧的人。

　　出发前，童小语突然问我："还记得 2000 年 12 月 31 日那天晚上
你对我说过的话吗？"

　　我说忘记了。

　　她笑，说："想起来了，记得找我。"

14

　　我是真的忘记了，所以开始回忆。

　　回忆是一场盛大的梦境，梦里有欢喜，有悲伤，有无常，有原谅，
有重构，有幻象。梦里花开百里，芳香万年，梦里歌谣声声，梦里情
意绵绵。梦里长歌当哭，梦里泪湿枕巾。梦里不知何年，梦里却知道
我一直都爱着你。

　　童小语，从我们第一次相遇，至今已经十七年，我喜欢了你十七

年，我还喜欢着你。

　　现在，这本被一再修改的书我依然送给你，希望你能喜欢，我是那么爱你，可我能为你做的是那么有限。我把我所有的情感都转化成了文字，埋进了我的血里，骨里，灵魂里。我知道你一定会看到，读懂，从此无论你在天涯何处，都宛如在身边。

2003 年，初稿

2011 年，二稿

2017 年，终稿

后记：
一切都是最好的安排

2017 年我做了四件值得纪念的事：戒烟、减肥、创业，以及"年少三部曲"的全面修订。

相比之下，戒烟最易，耗时不过两个星期；其次是减肥，用了小半年；"年少三部曲"的修订则延续了两年多；至于创业，自然永远在路上，拼的是心态，不是时间。

修订"年少三部曲"事出偶然，因为上一版本的实体书版权到期，再版前我习惯性整体再审阅一遍，结果看完后"全身汗毛都竖了起来，全是问题，真不知道当初怎么会这么去写"。

其实不难理解，很多作品都需要隔着时间去看，对创作者尤为如此。写作好比恋爱，刚写完那会儿正值热恋，哪儿哪儿都觉得特好，简直完美没毛病，可过个十年八载再看，就看出事了，因为激情退去，人变得理性客观，更因为岁月度我，从思想到审美，都更为成熟，而作品还停留在原地，所以需要修订，方能与时俱进。

正所谓我手写我心，不是说作品原来的状态就不对，它至少表达了我彼时的心境和笔力，虽然青涩，甚至充满缺陷，但也有着真实的味道。简单说，年少时容易愤世嫉俗，总觉得时代、生活，以及我们的成长很值得批判，所以笔下太多冷嘲热讽，少见温暖，现在则觉得没什么不能被理解，更没有什么不值得原谅。所以作品能够被修订，是机缘，保持原样，也挺好。但既然决定修订了，就要拿出诚意，投入时间，充分展示自己当下的观点和才情，方才对得住读者的欣赏及支持，这是修改前我便充分想清楚的事。

所以，即便修订"年少三部曲"耗费的时间和精力大大超出了我的计划，整个过程甚至比重新创作更为揪心，但我始终甘之如饴，特别是最后大功告成，终于成为我想要的模样，那种快感，真是无与伦比，能够陪伴我生命中最重要的几本书长达多年的时光，真的很幸福。

简单概述，这次的主要修改如下：

1. 对三部作品的全文进行了大量删减，特别是那些情绪性的文字，过去我实在太容易感慨了，这些文字严重破坏了故事的结构和叙事的节奏。

2.《那时年少》中加入了后来发生的故事，这个很有意思，就是"我"和女主角童小语多年后再相逢，我大胆想象了这个情景，算是满足了自己的"私欲"。

3.《毕业了，我们一无所有》，修改了白晶晶的人设和故事结局，这是三本里改动最大的，也是我最满意的，我觉得现在的内容终于衬得上这个书名了。

4.《致年少回不去的爱》,微调了书名,并且补充了叶子和李楚楚的故事,同时删除了一些女孩,让情节更集中、纯粹、合理。

另外,这次"年少三部曲"的新版里,我还将上版请他人作的序、写的推荐语,以及哗众取宠的文案全部摒弃,只留下最简单、最真实的正文文字。在我眼中,这三本书的内容虽然青春,但书本身已经不再年轻,所以不能再穿着花花绿绿的衣裳嘻嘻哈哈招摇过市。喜欢你的人自然会喜欢你,不喜欢你的人也千万不要去忽悠和强求,否则只会弄巧成拙。

感谢这次出版过程中遇见的新编辑朋友们,感谢和前东家博集天卷再续前缘,虽然再版因我拖了好几年,但一切真的都是最好的安排。

我想,这应该是这三本书的最终状态了,好比少年已经长大成人,后面就是他自己去面对这个纷繁精彩的世界。而我,也会继续创作新的内容,抚养新的孩子。

最后,感谢十几年来读过这三本书、喜欢这三本书的朋友,我们下本书,再见。

一草

2017 年 12 月 12 日

图书在版编目（CIP）数据

那时年少 / 一草著 . —长沙：湖南文艺出版社，2018.3
ISBN 978-7-5404-8490-3

Ⅰ . ①那… Ⅱ . ①一… Ⅲ . ①长篇小说—中国—当代 Ⅳ . ① I247.5

中国版本图书馆 CIP 数据核字（2017）第 321184 号

上架建议：青春文学 | 长篇小说

NASHI NIANSHAO
那时年少

作　　者：一 草
出 版 人：曾赛丰
责任编辑：薛 健 刘诗哲
监　　制：毛闽峰 赵 萌 李 娜
选题策划：优阅优剧
特约策划：李 颖 谢晓梅 赵中媛
特约编辑：王苏苏
营销编辑：杨 帆 周怡文
装帧设计：梁秋晨
封面摄影：一甲摄影工作室
封面模特：于秋璠 陶志强
出版发行：湖南文艺出版社
　　　　　（长沙市雨花区东二环一段 508 号　邮编：410014）
网　　址：www.hnwy.net
印　　刷：三河市鑫金马印装有限公司
经　　销：新华书店
开　　本：700mm×995mm　1/16
字　　数：160 千字
印　　张：17
版　　次：2018 年 3 月第 1 版
印　　次：2018 年 3 月第 1 次印刷
书　　号：ISBN 978-7-5404-8490-3
定　　价：38.00 元

若有质量问题，请致电质量监督电话：010-59096394
团购电话：010-59320018